천봉신 무협 장편소설

PAPYRUS ORIENTAL FANTASY

북천전기 25

초판 1쇄 발행 2024년 7월 19일

지은이 ㅣ 천봉
발행인 ㅣ 최원영
편집장 ㅣ 이호준
편집디자인 ㅣ 최은아
영업 ㅣ 김민원 조은걸

펴낸곳 ㅣ ㈜ 디앤씨미디어
등록 ㅣ 2002년 4월 25일 제20-260호
주소 ㅣ 서울시 구로구 디지털로32길 30 코오롱디지털타워빌란트 1301-1308호
전화 ㅣ 02-333-2513(대표)
팩시밀리 ㅣ 02-333-2514
E-mail ㅣ papy_dnc@dncmedia.co.kr
블로그 ㅣ blog.naver.com/gnpdl7

ISBN 979-11-364-5468-3 04810
ISBN 979-11-364-3596-5 (SET)

※ 저자와 협의하여 인지는 붙이지 않습니다.
※ 이 책은 ㈜디앤씨미디어(파피루스)가 저작권자와의 계약에 따라 발행한 것으로 본사와 저자의 허락 없이는 어떠한 형태나 수단으로도 내용을 이용할 수 없습니다.

25

천봉 신무협 장편소설

북천전기
北天戰記

1장. 홍산 전투(2) · 7

2장. 철혈가 전투 · 51

3장. 백강 전투 · 119

4장. 하늘은 너희 편이 아니다 · 189

5장. 풍천의 선택 · 219

6장. 숨 고르기 · 249

7장. 전쟁의 후유증 · 279

1장
홍산 전투(2)

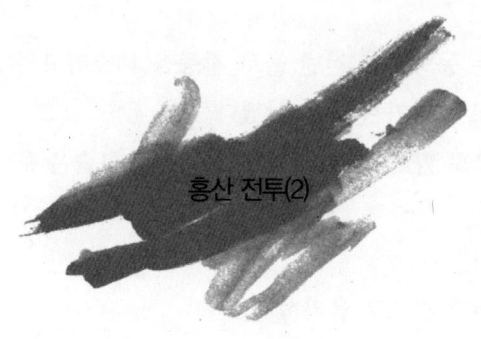

홍산 전투(2)

 적의 의도를 역으로 이용해 산맥을 떠나 홍산으로 향하던 연후와 병력들은 하루를 쉬지 않고 이동한 끝에 잠시간의 휴식이 주어졌다.
 이전처럼 지옥의 강행군을 할 순 없었다.
 도착하면 바로 적과 전투를 벌여야 할 수도 있었기에 무사들의 체력을 보전하는 것이 무엇보다 중요한 까닭이었다.
 그렇다고 하루의 강행군이 결코 쉬운 것도 아니었다. 삼만에 달하는 병력들 중에서 상대적으로 공력이 떨어지는 무사들은 휴식이 주어지기가 무섭게 땅에 그대로 드러누워 거친 숨을 토했다.
 "드세요."

"고맙소."

연후는 동방리가 건넨 물로 갈증을 해소하고는 거목의 꼭대기로 올라가 전방을 살폈다.

홍산으로 향하는 어느 곳에서도 적의 모습은 보이지 않았다.

휘리릭!

동방리가 곁으로 올라섰다.

"반나절 이상은 뒤처졌다고 봐야겠죠?"

"아마 그럴 거요."

"왜 홍산을 일차 방어선으로 선택하셨어요?"

"홍산은 일견하기에 기병의 진격로로 최적화된 환경을 갖추고 있소. 적도 그 정도는 미리 파악을 해 두었을 터이니 틀림없이 그곳을 통해 본가로 향할 것이오."

"하면 홍산의 지형이 눈으로 보는 것과는 다르다는 말씀인가요?"

"그렇소. 탁 트인 벌판을 지나면 관목이 우거진 숲이 시작되는데, 그곳의 관목은 전마가 쉽사리 이동할 수 없을 만큼 밀도가 높으며, 기병에게는 최악이라고 할 수 있는 큰가시나무가 주를 이루고 있소. 그러한 환경에서 적의 기병이 활개를 칠 수 있는 공간은 십 리가 채 되지 못할 것이오."

십 리라는 공간이 좁다고 할 순 없었다. 하지만 수십만에 달하는 양측의 병력이 전투를 벌이기에는 결코 넓다고도 할 수 없는 공간이기도 했다.

연후의 확신에 찬 어조에도 동방리의 얼굴은 어두웠다.

"얼마나 많은 사람이 목숨을 잃을지 감히 상상할 수가 없네요."

"반드시 이겨야만 하는 전쟁이오. 하니 희생은 감수해야지 않겠소. 다만……."

"희생을 최소화할 계책은 세워 두신 거죠?"

"일단은 그들을 믿어 봅시다."

척.

연후는 동방리의 어깨에 손을 얹었다.

"그만 내려갑시다."

잠시 후 이동이 재개되었다.

그리고 반나절 정도를 더 이동했을 때, 참혹한 광경이 펼쳐졌다.

곳곳에 나뒹구는 수백 구의 시신들, 그중 상당수의 시신은 살갗이 녹아 없어져 뼈가 훤히 드러난 끔찍한 모습을 하고 있었다.

연후는 눈빛을 떨었다.

'녀석이 적을 쫓고 있다.'

시신들은 육손의 독에 당한 적들이었다.

육손을 떠올리니 마음이 한없이 무겁게 가라앉으며 가슴 한쪽이 아려왔다.

'녀석은 폭주를 한 것이 아니라 스스로 독인이 되기를 선택한 것이다. 아니면 이런 식으로 적만 쫓을 순 없다.'

그러했기에 가슴이 더 아팠다.

그때였다.

"육소온!"

송영이 좌우측 숲을 향해 소리쳤다. 그의 외침은 육손을 아는 모든 이들의 가슴을 헤집어 놓았다.

"육소온!"

서백이 송영의 어깨에 손을 얹으며 고개를 저었다.

"그만해라."

연후는 금세 붉어진 송영의 두 눈을 보며 단호한 어조로 말했다.

"이 전쟁이 끝날 때까지는 녀석을 생각하지 말자고 했다."

"……죄송합니다."

"이동한다."

* * *

"육소온!"

어디선가 들려온 송영의 외침이 육손을 깨웠다.

동굴 밖으로 나선 육손은 연후 등을 발견하고는 자신도 모르게 그곳으로 향하려다가 멈칫했다.

"주군. 송영……."

육손의 뺨을 타고 눈물이 흘러내렸다.

혈광이 사라진 두 눈은 남쪽을 향해 이동하는 연후와 친구들의 뒷모습을 하염없이 바라봤다.

그러다가 극심한 통증에 이를 악물며 주저앉았다. 이전이 상처와는 달리 신검조에게 당한 상처의 고통이 극심했다. 특별한 기운이 담겼는지 아무는 속도도 이전의 것들보다 훨씬 더뎠다.

그때를 생각하니 살심이 치밀며 두 눈이 다시 붉게 물들어갔다.

쫘악!

'폭주하면 정말 괴물이 되고 말 거야. 어떻게든 그건 피해야 해. 하지만…….'

살심이 강해질수록 몸속의 또 다른 존재가 자신을 부추기곤 했다. 마치 악마의 속삭임처럼.

스스로 독인이 되기를 선택했지만 이지를 상실할 순 없었기에 완벽한 독인이 되는 데 실패했고, 금강불괴를 이루지도 못했다.

독인이 되어 가던 마지막 순간에 연후를 비롯한 모두를

영영 볼 수 없다는 두려움이 가져다준 결과였다.

그러했기에 적들을 죽이는 순간에도 살심을 억눌러야 했고, 그것이 능력의 약화를 불러오며 몇 번에 걸쳐 부상을 입고 만 것이다.

육손은 서서히 까만 점이 되어 가는 연후의 뒷모습을 바라보며 눈빛을 떨었다.

'부디 모두를 지켜 주세요.'

잠시 후 육손은 부상 부위를 손으로 감싼 채 힘없이 동굴로 들어갔다.

　　　　　　＊　＊　＊

철혈가를 향해 진격을 시작한 적이 중원무림과 해동연합군이 진을 치고 있는 홍산과 가까워지고 있을 때, 북부군단을 떠난 오만의 병력도 홍산 서쪽에서부터 빠르게 남하하고 있었다.

선두를 이끌고 있는 총사 윤회의 뒤에 우문적과 황태가 포진했다.

"전쟁이 끝나면 뭐하실 거요?"

"글쎄."

"무슨 대답이 그렇소. 당연히 황하수련을 재건해야지 않소?"

"솔직히 요즘 들어 생각이 많다. 한 번 제대로 말아먹은 내가 과연 황하수련의 주인이 될 자격이 있는지, 그냥 자네하고 유람이나 다니면서 편하게 사는 것은 어떨지 등등……. 아무튼 좀 심란하다. 의제는 내가 어떡하면 좋겠다고 생각하나?"

"일단 전쟁부터 이기고 봅시다."

"전쟁이야 당연히 이기지."

"그 양반을 너무 믿는 거 아니오?"

"안 믿고 싶어도 그냥 막 믿어지는 걸 어쩌겠냐. 천하의 모두가 나와 같은 마음일걸? 흐흐흐."

우문적이 특유의 능글맞은 웃음을 짓자 황태는 피식 웃으며 전방을 응시했다.

그런 그의 시선이 총사 윤회의 뒷모습에 고정되었다.

"주군도 주군이지만 양반도 참 대단한 것 같소. 사실 저 양반이 북부군단을 이끌면서 서북무림과의 전쟁을 감당해 준 덕분에 북부의 영광이 시작된 것이라 해도 과언이 아닐 거요."

"물론이다. 어쩌면 죽은 위연광도 주군보다는 저 양반을 더 미워할 거야. 솔직히 그때 모두는 서북무림이 북부무림을 잡아먹을 거라 확신하고 있었거든. 나 역시도 그랬고."

"차라리 저 양반한테 황하수련을 맡기는 건 어떻소?"

"진심으로 하는 소리냐?"

"귀찮다고 하니까 하는 말이오. 설마 그냥 해 본 소리였소?"

"크흠."

피식.

그때였다.

뿌우웅!

나팔 소리가 울렸다. 뒤이어 선두부터 서서히 속도를 늦추기 시작했다.

황태가 미간을 좁히며 중얼거렸다.

"아직 홍산까지 도달하려면 꽤 남았는데……."

"그러게."

잠시 후 윤회가 뒤를 돌아보며 공력을 담아 외쳤다.

"이곳에서 대기한다!"

우문적이 윤회의 곁으로 다가가며 물었다.

"잠시 쉬는 것이 아니라 이곳에서 대기한단 말이오?"

"주군께서 그리하라 명하셨소."

우문적과 황태는 서로를 쳐다봤다.

윤회가 말을 이었다.

"이곳에서 대기하고 있다가 적의 기병이 지나가면 후미를 치라는 명령을 내리셨소."

"뭐, 주군께서 그리 명하셨다면 따를 수밖에. 우린 저

쪽으로 가서 술이나 한잔하지."
"술을 가져오셨소?"
"한 병 숨겨 왔지."
우문적이 윤회를 향해 능글맞게 웃었다.
"주군껜 비밀이오?"
윤회도 웃었다.
"알겠소."

* * *

홍산에서 북쪽으로 한 시진가량 거리.
야율목이 이끄는 기병이 가장 먼저 그곳을 지나갔고, 나백과 북해빙궁의 기병들이 바로 그 뒤를 쫓았다.
그리고 오백 장 정도 뒤쪽에서 오만에 달하는 적들이 뒤를 따르고 있었다.
도보로 이동 중인 병력의 대부분은 북해빙궁이었고, 그에 반해 서역무림의 병력은 일만이 채 되지 않았다.
수만의 기병을 잃은 북해빙궁과는 달리 서역무림은 기병의 비중이 압도적임을 여실히 보여 주는 광경이었다.
그런데 동영의 삼만 병력은 어디에도 없었다. 그로 그럴 것이 그들은 중원무림의 매복을 우려해 좌우측 산을 타고 이동 중이었다.

태합 풍천은 선두에서 병력을 이끌며 회심에 찬 미소를 머금었다.

"이런 환경이라면 십만의 적도 결코 두렵지 않지. 후후후."

밀도가 높은 숲은 관목까지 빼곡하게 들어차 있어서 인자들에게는 더없이 좋은 환경이었다.

풍천은 맞은편 숲을 바라봤다.

그곳은 신풍조장 흑월이 일만의 병력과 함께 이동 중이었다.

'그나저나 이쯤이면 매복이 있을 법도 한데 어째서 이렇게 조용한 거지?'

자신만만했던 풍천의 낯빛이 조금씩 변해 갔다. 당연히 있을 거라 예상했던 매복이 꽤 시간이 지났는데도 기척조차 느낄 수 없었다.

풍천은 뒤를 돌아보며 나지막이 외쳤다.

"속도를 올린다."

사사삭!

그렇게 시간이 얼마나 흘렀을까?

여전히 어디에서도 적의 그림자조차 찾아볼 수가 없자 풍천은 매복이 없음을 확신하고는 숲을 나섰다.

마침 흑월이 이끄는 맞은편의 병력도 벌판으로 나서고 있었다.

"너무 많이 뒤처졌으니 지금부터 전속으로 본대를 따

라잡는다."
"예."
인자들이 전속으로 달리기 시작했다.
하나하나의 경공술은 놀라울 정도로 대단했고, 덕분에 얼마 지나지 않아 후미를 따라잡을 수 있었다.
풍천은 거기서 그치지 않고 계속해서 달릴 것을 주문했고, 얼마 지나지 않아 후미와의 거리를 오백여 장이나 벌렸다.
그때, 한 기의 인마가 인자들을 향해 달려왔다. 뜻밖에도 그는 대궁주 나백이었다.
그가 풍천을 향해 말했다.
"잠시 나눌 얘기가 있소."

* * *

흑월은 나백과 대화를 나누는 풍천을 응시하며 눈빛을 가라앉혔다.
'적진을 코앞에 두고 무슨 얘기를 하는 걸까?'
잠시 후 나백이 떠나고 풍천이 다가왔다.
"여기서부터 우린 따로 움직인다!"
"어디로 갑니까?"
"철혈가."

"예?"

"그곳만 무너뜨려 주면 광동성과 복건성에 운남성과 남해군도까지 얹어서 준다더군. 후후후."

"하지만 저희만으로 너무 위험하지 않겠습니까? 철혈가에 병력이 어느 정도 있는지조차 모르지 않습니까?"

"북부무림의 주요 전력은 빙궁과 서역무림을 막기 위해 철혈가에서 한참 떨어져 나와 있을 것이다. 하면 그곳에 병력이 있어 봤자 고작 수백에 불과하겠지. 더군다나 우리가 본대에서 빠져나와 자신들을 공격할 것이라고는 상상조차 하지 못하고 있을 터. 하니 위험할 것도, 걱정할 것도 없다."

"……."

"흑월."

"예, 전하."

"모두가 보는 앞에서 약한 모습을 보이면 곤란하지."

"죄송합니다. 하면 속하가 앞장서겠습니다."

"최대한 은밀하고 빠르게 움직여야 한다."

"알겠습니다."

* * *

뿌우웅!

나팔 소리가 길게 울려 퍼졌다. 적의 출현을 알리는 신호였다.

서백은 군영 좌측의 거목 위에 앉아 흙먼지를 일으키며 내려오는 적들을 바라보며 천천히 시위에 화살을 얹었다.

그런 그의 뒤에는 수백 발의 화살을 담은 연통이 가지런히 놓여 있었다.

"서백."

아래에서 신휘의 목소리가 울렸다.

"예, 대원수!"

"인자들을 조심해라."

"알겠습니다."

스르릉!

퍽!

서백은 검을 아예 뽑아서 나무에 박아 놓았다. 인자가 나타날 때를 대비하고자 함이었다.

서백은 활에 입을 맞추며 중얼거렸다.

"이 화살을 다 쏠 때까지 버텨 다오."

* * *

신휘는 자욱하게 일어나는 흙먼지를 응시하며 눈빛을

가라앉혔다.

"서역무림이 선봉에 나섰군."

"나백이 꼼수를 부린 모양입니다."

"뭐가 어찌 되었건 상관없다. 북해빙궁이건 서역무림이건 똑같은 적이니까."

스르릉.

신휘는 천천히 검을 뽑았다.

한 번도 꺾이지 않았던 보검이 햇빛을 받아 찬란한 빛을 뿌려댔다.

스르릉.

신우도 검을 뽑았다.

"조심해라."

"형님도 조심하십시오."

신휘는 좌측을 돌아봤다. 좌측에선 이정무를 비롯한 해동의 무사들이 움직이고 있었다.

마침 이정무가 이쪽을 돌아보면서 둘의 시선이 허공을 격하고 얽혀들었다.

신휘는 검을 들어 보였다. 이정무도 그를 향해 검을 들어 보였다.

신휘는 다시 전방으로 시선을 돌렸다. 이미 그의 두 눈은 혈왕의 광포함을 담아 가고 있었다.

"벌써부터 피비린내가 나는 것 같군. 아주 좋은 징조

야. 후후후."

* * *

두두두!
"오늘 이후로 만천하는 우리 서역무림을 경외하게 될 것이다. 후후후!"
야율목은 벌판 너머에 진을 치고 있는 중원무림의 무사들을 가소롭게 여겼다.
수적으로나 기세로나 자신들이 절대적인 우위임에 틀림없었다. 우려했던 혈왕군의 수도 예상보다 훨씬 적어 보였다.
"모조리 짓밟아 버려라!"
뿌우웅!
서역무림의 기병들이 야율목의 좌우로 질풍처럼 달려나갔다.
하지만 야율목은 뒤로 빠졌다. 세상 무엇보다 자신의 목숨을 소중히 여기는 그에게 선두에서 병력을 이끄는 용맹과 지존의 위엄 따위는 아무런 가치조차 없었다.
슈아악!
하늘이 새카맣게 변했다.
서역무림의 기병들은 일제히 호신강기를 일으키며 속

도를 늦추지 않았다.

따다다당!

호신강기에 튕겨 날아가는 화살들.

하지만 사람은 무사할지 몰라도 전마는 그러지 못했고, 수백의 인마가 화살을 맞고 꼬꾸라졌다.

콰지직!

"크악!"

"우아악!"

쐐애액!

또다시 하늘이 새카맣게 변했고, 이번에도 수백 기의 인마가 쓰러졌다.

전마를 잃은 무사들은 순식간에 뒤처졌고, 꽤 많은 자들은 뒤따르던 동료의 전마에 무참히 짓밟혀 쓰러졌다.

콰콰콱!

"크악!"

"크아악!"

"방해말고 비켜라!"

서역무림의 무사들은 진격에 방해가 된다는 이유로 전마를 잃은 동료의 목을 무참히 베었다.

그 와중에 선두는 이미 중원무림군을 향해 들이치고 있었다.

바로 그때였다.

콰콰콰콰쾅!

천지를 흔드는 폭음과 함께 불기둥이 치솟았다. 불기둥은 벌판의 끝에서 끝까지 이어지며 거대한 장막을 형성했다.

"크아악!"

"으악!"

화염에 휩싸여 고통에 울부짖는 자들과 뒤를 따르던 자들이 충돌하며 대혼란이 빚어졌다.

뒤에서 그 광경을 지켜보던 야율목은 여전히 차갑게 웃고 있었다.

"일만 정도는 내주고 시작해 주지. 후후후."

그에게 일만의 병력은 언제든 버릴 수 있는 소모품과 같은 것이었다. 그들의 희생으로 적의 방어선을 약화시킬 수만 있다면 언제든 버릴 용의가 있었다.

그런 그의 좌우와 뒤쪽에 십만에 달하는 기병이 대기하고 있었다. 그들은 앞선 동료들이 적의 방어선을 약화시키면 그때 들이쳐 전투를 끝낼 목적이었다.

"적의 수가 예상보다 적습니다. 또한 방어적으로 나오는 것을 보니 이곳에서 최대한 시간을 끌 목적인 것 같습니다."

"적의 의도가 무엇이든 상관없다. 그저 쓸어버리고 철혈가로 내려가면 그뿐이다. 후후후."

그때 나백이 이끄는 북해빙궁의 기병이 다가왔다. 나백

이 야율목의 곁으로 다가오며 물었다.

"왜 일거에 들이치지 않은 것이오?"

"벌판의 넓이가 생각보다 협소한 것 같소. 해서 선봉으로 하여금 적의 방어선을 약화시킨 후 주력을 투입할 생각이오. 물론 그땐 귀하와 북해빙궁이 선봉으로 나서야 할 것 같은데……."

나백은 말없이 야율목을 직시했다.

야율목이 웃으며 말을 이었다.

"저들의 희생을 가볍게 여기지 마시오."

나백은 전장을 응시했다. 치솟은 화염 너머에서 전투가 벌어지고 있었다.

이미 수천에 달하는 인마가 벌판 곳곳에 널브러져 있었고, 화염에 휩싸인 채 허우적거리는 자들의 울부짖음이 바람을 타고 이곳까지 또렷하게 흘러들고 있었다.

'그냥 숫자로 밀어붙이다니…….'

"뒤를 따르는 자들이 너무 늦는 것 같소? 이후의 전투에서 기병보다는 그들의 역할이 더 중요한데 말이오."

나백은 뒤를 돌아보았다. 마침 벌판이 시작되는 지점에서 후미의 선두가 모습을 드러내고 있었다.

그때였다. 뒤를 돌아보던 야율목이 안광을 번뜩이며 따지듯 물었다.

"동영 놈들은 왜 보이지 않는 것이오?"

"그들은 산맥을 우회하여 곧장 철혈가로 내려갔소. 적이 이곳에만 집중하고 있을 터이니 우회하여 내려간다면 감시망을 충분히 피할 수 있을 것이오."

"오호! 이거야말로 제대로 통할 기습 작전이군."

감탄사를 발한 야율목이 이내 눈빛을 가라앉히며 말을 이었다.

"이후부터는 내게 미리 알리고 작전을 펼치도록 하시오. 명색이 동맹인데 그 정도는 사전에 알아야 할 권리는 있지 않겠소?"

"그러리다."

까가강! 콰지직!

"으아악!"

"크아악!"

나백은 혈전이 벌어지고 있는 전장을 응시하며 차갑게 웃었다.

'곧 무너지겠군. 후후후.'

"자! 우리도 이만 가 봐야지 않겠소?"

"서두를 거 없소. 보아하니 저 친구들은 버린 패 같은데, 최대한 적의 전력을 갉아 놓을 때까지 기다리는 것이 보다 안전하지 않겠소?"

"이제 와서 몸을 사라시겠다? 우습군. 후후후."

야율목의 비아냥거림에도 나백은 아랑곳하지 않고 말

을 이었다.

"우리가 이곳에 집중하는 것처럼 보여야 적들도 철혈가로 병력을 보내지 못할 거요. 다시 말하지만 철혈가를 점령하고 못하고가 이 전쟁의 승패를 가르는 분수령이 될 것이오."

"하나는 알고 둘은 모르시는 것 같소? 여기서 시간을 끌다가 백야벌 방어에 투입되었던 병력까지 몰려오면 그땐 감당할 자신이 있소?"

야율목의 그 말에 나백은 회심의 미소를 지었다.

"우리를 유인하고자 산맥으로 퇴각했던 적들을 공격한 것은 아군의 진격로를 감추기 위함도 있지만, 그보다 더 중요한 것은 백야벌의 발을 묶어 두기 위함이었소. 산맥만 넘어가면 곧장 백야벌이니 결코 이곳으로 병력을 보낼 여유는 없을 것이오."

"오호!"

"술이나 한잔하겠소?"

나백의 그 말에 야율목이 대소를 터트렸다.

"으하하하!"

뚝!

"피비린내는 전장에서 마시는 술이라…… 그거 나쁘지 않겠군. 좋소! 한잔합시다!"

* * *

카카칵!

신휘를 향해 달려들었던 거한의 대도에서 불꽃이 튀었다. 뒤이어 대도가 두 동강이 나며 오른팔이 뎅강 잘려 날아갔다.

"크억!"

휘청거리는 거한의 목을 쳐 낸 신휘는 북쪽을 바라봤다. 나백과 야율목이 나란히 서 있는 것이 보였다. 그리고 그 뒤에 포진한 대군까지.

'어째서 한꺼번에 공격하지 않는 거지? 설마 이 많은 병력을 아군의 전력을 갉아 놓을 목적으로 던져 준 것인가?'

왠지 불길했다.

철혈가를 노리고 있다면 당장에 전 병력을 투입해서 이곳부터 무너뜨려야지 않는가?

그런데 나백과 야율목은 피비린내 나는 전장을 코앞에 두고 마상에서 술잔을 기울이고 있었다.

'도대체 무슨 꿍꿍이냐, 나백.'

그때였다.

쐐애액!

섬뜩한 기운이 좌우에서 날아들었다.

하지만 신휘의 지척에 이르기 전에 호위들에 의해 목이 날아갔다.

퍼퍽!

"크악!"

"컥!"

콰콰콱!

"모조리 대갈통을 부숴 버려!"

"개새끼들! 감히 여기가 어디라고 기어 내려와!"

"크아악!"

"측면에 적이다!"

"혈왕군이다!"

좌측 숲에서 오천의 혈왕군이 적의 측면을 치고 들어왔다.

전방의 방어선 돌파에만 집중했던 적들은 측면이 붕괴되자 대열이 흐트러지면서 이내 혼란 속으로 빠져들었다.

뒤이어 지금껏 모습을 드러내지 않고 있었던 검가와 귀령가까지 합세하면서 전황은 급속도로 중원 쪽으로 기울어 갔다.

신우가 신휘의 곁으로 다가서며 외쳤다.

"이 자식들 생각만큼 강하지 않은 것 같습니다!"

"진짜 강한 놈들은 저곳에 있겠지."

"저놈들이 왜 한꺼번에 공격하지 않는 걸까요?"
"적의 의도가 무엇이건 일단은 이놈들부터 쓸어버린다."
"예!"
신휘는 다시 전장으로 뛰어들었다.
전장에서의 신휘는 한 마리 호랑이였다. 검이 혈광을 뿌리면 어김없이 적이 피를 뿌리며 꼬꾸라졌고, 좌수에 걸려든 적들은 머리가 형체도 없이 사라지는 참혹한 죽음을 맞아야 했다.
"크아악!"
"으악!"
그리고 불과 얼마 전에 오천에 달하는 동료를 잃은 혈왕군. 그들도 양떼 속에 풀어 놓은 맹수의 집단이었다.
그들은 거침이 없었고, 전의를 상실하고 투항하는 적들까지 모조리 죽였다.
그것은 전의와 복수심을 넘어선 극렬한 광기였다.
"후욱!"
신휘의 입술을 뚫고 뜨거운 숨결이 흘러나왔다. 그런 그의 눈빛이 가늘게 흔들리고 있었다.
'어째서 인자들이 보이지 않는 거지?'
그랬다. 당연히 있어야 할 동영의 인자들이 보이지 않았다.

숲으로 들어갔다면 진즉에 전투가 벌어졌어야 했다. 하지만 숲에 숨어 있던 혈왕군은 아무런 교전도 없이 이미 전장에 투입이 된 상황이었다.

'설마……'

무엇을 떠올린 것일까?

신휘의 두 눈이 한껏 커졌다.

* * *

으아악.

크악.

처절한 비명이 아련하게 흘러들었다. 누구의 것인지 모를 그것은 전투가 시작되었음을 알리고 있었다.

총사 윤회는 눈을 감고 가부좌를 튼 채로 거의 반 시진 동안 미동조차 하지 않았다.

'선조들이시여, 부디 저희 북부를 보살펴 주소서.'

머릿속에서 지난날의 모든 일들이 주마등처럼 스치며 지나갔다.

마지막은 선주 이염의 얼굴이었다.

지그시 감긴 윤회의 눈가가 붉게 변해 갔다. 회한이 사무치자 평정심이 흔들리기 시작했고, 결국 윤회는 감았던 눈을 뜨며 어금니를 악물었다.

그때 백도전주 장패가 뛰어왔다.
"총사! 적의 후군이 모습을 보이기 시작했습니다!"
"기병도 있더냐?"
"아닙니다. 기병은 얼마 되지 않습니다."
"준비해라."
"예."
윤회는 천천히 검을 뽑았다.
스르릉!
북부군단의 혼이라 불리는 그의 검이 새파란 빛을 뿌려대며 모습을 드러냈다.
서역무림과의 기나긴 전쟁에서 한 번도 꺾이지 않았던 그의 검이 울기 시작했다.
우문적과 황태가 다가왔다.
"위험하니 이 몸이 선두에 서겠소."
우문적의 그 말에 윤회는 흐릿하게 웃었다.
"죽음이 두려웠다면 진즉에 검을 꺾었을 것이오."
윤회는 성큼 앞으로 나섰다. 우문적과 황태가 그의 곁을 함께했다.
잠시 후 윤회는 그들을 돌아보며 결연한 어조로 말했다.
"시작합시다."
"알겠소."

스르릉!

우문적과 황태도 검을 뽑았다. 황태는 버릇처럼 검신에 입을 맞추고는 우문적을 향해 씩 웃었다.

"죽지 마시오."

"걱정 마. 염라대제도 나 같은 놈은 성가셔서 부르지 않을 테니까."

척!

"죽지 마라, 아우."

"형님을 두고 먼저 죽진 않을 테니 염려 놓으시오. 후후후."

윤회가 선두에서 움직였다.

그 뒤를 삼만에 달하는 병력이 따랐는데, 그 속에는 설무진이 이끄는 철인족도 있었다.

또한 맞은편 숲에서도 이만의 병력이 움직이고 있었다. 설무진은 수풀 너머로 보이기 시작한 북해빙궁을 응시하며 손에 흙을 묻혔다.

다른 철인족들도 마찬가지였다. 그들에게 그러한 행위는 전투를 시작하기 전에 하는 일종의 의식이었다.

설무진은 모두를 돌아보며 결연한 어조로 말했다.

"주군을 위한 전쟁이다. 또한 우리의 전쟁이기도 하다. 다들 전투가 시작되면 한 걸음도 물러서지 말고 전사답게 싸워라."

"예!"

설무진은 선두에 섰다.

황패가 그를 돌아보며 흐릿하게 웃었다.

"전쟁이 끝나면 술이나 한잔하지. 직접 담근 술이 꽤 맛있게 익었거든. 그러니 죽지 마라."

"직접 따라 주시기를 기대하고 있겠습니다."

"걱정 마. 난 안 죽어."

그때 총사 윤회가 땅을 박차고 뛰어올랐다.

그것을 신호로 북부군단의 무사들이 적을 향해 돌진했다.

와아아!

"적이다! 좌측이다!"

"우측에도 적입니다!"

"방어 대형으로 전환하라! 어서!"

첫 비명은 엉뚱한 곳에서 터졌다.

위이잉!

퍼퍼퍽!

"크아악!"

"끄아악!"

맨 뒤에서 이동하던 북해빙궁의 무사 다섯이 피를 쏟으며 꼬꾸라졌다.

"빌어먹을! 뒤에도 있습니다!"

"철혈가주다! 철혈가주가 나타났다!"

* * *

북부군단의 기습에 연후마저 가세하면서 북해빙궁의 후군은 급격히 무너지기 시작했다.

수적 열세도 열세였지만 연후의 등장으로 인해 기세가 꺾인 것이 치명타였다.

"크아악!"

"끄악!"

두두두!

전세를 뒤집기 불가능하다고 판단한 수천의 기병이 결국은 저항을 포기하고 본대가 있는 곳으로 말머리를 돌렸다.

"돌아와, 개새끼들아!"

북해빙궁의 무사들이 처절히 부르짖었지만 기병은 뒤도 돌아보지 않고 전장을 빠져나갔다.

연후는 기병을 쫓지 않았다.

수천의 기병쯤은 무시해도 될 전력이었다.

위이잉!

하루가 다르게 진화를 거듭해 온 혈마번의 가공할 위력은 적에게 더할 수 없는 끔찍한 재앙이었다.

퍼퍼퍽!

"크아악!"

"으악!"

하지만 이런 식의 근접전에서 혈마번보다 더 파괴적인 것이 있었다.

연후는 적의 머리 위로 뛰어올랐다. 그리고 광마의 힘을 끌어올려 수백 개의 강기 가시를 펼쳤다.

퍼퍼퍽!

암기술의 최고봉이라는 만천화우보다 더 강력한 위력에 적들은 추풍낙엽처럼 쓰러졌다.

"으......"

"인간이…… 인간이 아니다!"

주변의 적들이 공포에 질려 갔다.

세상 무서운 줄 모르고 살아왔던 그들에게도 연후가 펼치는 가공할 살초는 공포를 넘어 절망을 선사했다.

철우와 백무영도 적에게는 또 다른 재앙이었다.

한편 연후의 지척에서는 동방리와 서령이 맹공을 퍼붓고 있었다.

두 여인은 마치 한 몸인 것처럼 움직이며 한 명, 한 명이 강력한 북해빙궁의 무사들을 죽였다.

"빌어먹을 계집들이!"

쐐애액!

두 명의 거한이 그녀들을 향해 달려들었다.

어지간한 장정보다 머리 하나는 더 큰 거한들의 대도가 빛을 뿌려 대며 떨어져 내렸다.

동방리와 서령은 맞서지 않고 뒤로 물러섰다. 거의 동시에 그녀들이 섰던 곳에 대도가 떨어지며 흙먼지가 치솟았다.

콰직!

"가랑이를 찢어 주마!"

파팟!

거한들이 다시 두 여인을 향해 달려들었다.

"흥! 찢어 봐, 개자식아!"

서령의 소수가 한 거한의 대도를 후려쳤다.

쾅!

퍼석!

대도가 산산조각이 나며 파편이 거한의 얼굴과 상체를 덮었다.

"크윽!"

동방리는 보법을 이용해 거한의 대도를 어깨 위로 흘려보내며 수중의 검을 쭉 뻗었다.

퍽!

"컥!"

그녀의 검은 정확하게 거한의 가슴을 꿰뚫었다. 누구라

도 즉사를 면치 못할 상황이었다.

 하지만 두 거한은 다른 빙궁의 무사들과는 한 차원 위의 고수들이었다.

 "우아악!"

 콱!

 얼굴과 가슴에 파편을 뒤집어쓴 거한이 서령의 허리를 두 팔로 끌어안았다.

 "……!"

 찰나의 방심에 위기에 처한 서령.

 하지만 그녀의 대응은 거한의 예상을 뛰어넘는 것이었다.

 퍽!

 허리가 꺾이려는 찰나에 서령은 소수로 거한의 머리를 날려 버렸다.

 거한은 비명조차 지르지 못하고 거목이 무너지듯 뒤로 넘어갔다.

 서령은 재빨리 동방리를 돌아봤다.

 다행히 동방리의 검을 맞은 거한이 휘청거리며 물러서다가 뒤쪽에서 날아든 대도에 머리가 뎅강 잘려 날아갔다.

 허공을 수놓은 피 안개 너머에서 모습을 드러낸 이는 설무진이었다.

동방리가 대뜸 물었다.
"총사님은요!"
"앞쪽에 계십니다!"
"여긴 괜찮으니 어서 총사님을 도와주세요!"
"알겠습니다!"
설무진은 다시 전장으로 뛰어들었다. 그가 뛰어든 곳에서 철인족들이 맹위를 떨치고 있었다.

가뜩이나 강력한 무력을 지닌 데다 손속마저 잔혹하기 짝이 없었던 까닭에 그들 주변에 가장 많은 적의 시신이 나뒹굴고 있었다.

"총사께 간다! 길을 뚫어라!"
"예!"
"비켜, 개새끼들아!"
퍼퍽!
"크아악!"
"으악!"

이 전장에서 북해빙궁을 향한 적개심이 가장 강한 자들을 꼽으라면 단연코 철인족이라 할 수 있었다. 북해에서부터 전쟁을 이어 온 그들의 움직임은 광기에 가까웠다.

'또다시 터전을 잃을 순 없다.'

철혈가는 그들에게 새로운 터전이었다. 그곳을 잃을 순 없다는 절박함과 북해빙궁을 향한 복수심이 철인족의 가

징 강력한 무기였다.

연후는 재빨리 전장을 살폈다.

측면이 돌파당하면서 병력이 앞뒤로 갈라져 버린 적은 전력을 한곳에 집중하지 못한 채 궤멸 직전의 상황까지 내몰려 있었다.

연후는 전방을 응시했다.

적의 본대가 어렴풋이 보였다. 하지만 이곳을 돕기 위해 내려오는 적들은 없었다.

'그럴 여유가 없겠지.'

연후는 모든 것이 자신이 원했던 방향으로 흘러가고 있음을 확신했다.

연후는 서백을 찾았다.

"서백!"

"예, 주군!"

"저곳으로 올라가 지켜보고 있다가 적의 본대가 진격을 시작하면 그때 청색 신호탄을 쏘도록 해."

"알겠습니다!"

서백이 전장을 떠나 숲으로 몸을 날리자 연후는 다시 전장으로 뛰어들었다.

그는 총사 윤회가 있는 곳으로 움직였다. 동방리를 비롯한 모두가 그의 뒤를 따랐고, 철인족이 먼저 길을 뚫어 놓았기에 적은 더 이상 그들을 막지 못했다.

잠시 후 연후는 성난 사자처럼 칼춤을 추고 있는 윤회를 발견할 수 있었다. 윤회의 지척에 우문적과 황태도 있었다.

적들을 베어 넘기며 다가오는 연후를 가장 먼저 발견한 이는 황태였다.

씨익.

"형님, 저길 좀 보시오!"

우문적이 황태가 가리킨 곳을 돌아보고는 대소를 터트렸다.

"으하하!"

뚝!

"저 양반을 보니 갑자기 힘이 막 솟네! 그럼 더 때려잡아야지! 개새끼들!"

콰콰콱!

"크악!"

"으악!"

황태도 다시 칼춤을 추기 시작했다.

윤회의 호위를 맡고 있던 백도전주 장패가 소리쳤다.

"총사! 주군께서 오고 계십니다!"

"칼을 멈추지 마라, 장패!"

연후는 피로 물든 윤회의 전신을 응시하며 가슴 한쪽이 찡하고 울리는 것을 느꼈다.

자신이 나타나기 전까지 윤회는 북부의 혼이자 횃불과도 같은 존재였다. 그가 없었더라면 북부는 진즉에 서북 무림에 병합되었을 터였다.

그때였다.

적 두 명의 목을 쳐 낸 윤회가 이쪽을 쳐다보면서 둘의 시선이 피비린내 나는 전장을 격하고 얽혀들었다.

쐐액!

퍽!

"크악!"

연후는 달려드는 적의 목을 베며 앞으로 나아갔다. 그렇게 수십 명의 적을 베고서야 윤회의 앞에 이를 수가 있었다.

윤회가 머리를 숙였다.

"어서 오십시오, 주군."

"인사는 나중에 합시다."

연후는 다시 적들을 향해 뛰어들었다. 윤회가 뒤를 따랐고, 우문적과 황태가 질세라 뒤를 쫓아 움직였다.

* * *

두두두!

난데없이 뒤쪽에서 흙먼지가 일어나자 나백은 흠칫하

며 뒤를 돌아봤다. 뒤이어 후군에 배치되었던 기병임을 확인하고는 두 눈을 한껏 치떴다.

'합류하라는 명령을 내리지 않았거늘 어째서……'

한 줄기 불안감이 치밀어 오를 때, 흙먼지 속에서 한 기의 인마가 바람처럼 튀어나와 그를 향해 달려왔다.

"대궁주! 후군이 적의 기습을 받고 궤멸 직전에 이르렀습니다! 북부무림의 북부군단인 것 같았습니다!"

"……!"

"그곳에 이연후가 나타났습니다!"

"뭣이!"

나백은 귀를 의심했다. 산맥에 발이 묶여 있어야 할 연후가 나타났다니.

'하면 아군이 전멸을 당했단 말인가?'

그게 아니라면 연후는 이곳에 나타날 수 없어야 한다.

설사 진격로를 감추기 위해 그곳으로 위장 공격을 떠난 병력이 몰살을 당했다 해도 이렇게 빨리 나타난다는 것은 불가능했다.

눈 깜박할 사이에 아군이 몰살을 당했다면 모를까.

'설마 진격로를 감추기 위한 위장임을 눈치채고 미리 움직였단 말인가?'

그게 아니라면 말이 안 되는 상황이었다.

"이연후의 발목을 산맥에 묶어 두었다고 하지 않았소!

한데 어떻게 놈이 이곳으로 왔단 말이오!"

야율목이 다가오며 노호성을 터트렸다.

나백은 침착한 어조로 말했다.

"계획대로 이곳에서 시간을 끌면서 동영이 철혈가를 점령하기를 기다리면 될 일이오. 그전에 적의 방어선부터 무너뜨립시다."

"무슨 소리! 적의 수괴가 나타났으면 당연히 수괴를 잡아야지 않겠소!"

"여기서 본대를 뒤쪽으로 움직이면 앞뒤로 공격을 받는 형국이 될 수 있소. 하니 혈왕이 버티고 있는 저곳부터 점령해야 하오. 무릇 팔다리를 잘라 버리면 머리는 아무짝에도 쓸모가 없는 법이지 않겠소?"

"일이 잘못되면 그땐 모두 대궁주의 책임이라는 것을 명심하시오!"

"물론이오."

나백은 전마가 있는 곳으로 걸어가는 야율목의 뒷모습을 응시하며 눈빛을 가라앉혔다.

'일이 잘못되면 너나 나나 결코 살아서 중원을 빠져나가지 못할 것이다, 야율목.'

잠시 후 진격을 알리는 나팔이 울리자 북해빙궁과 서역 무림의 본대가 혈왕 신휘가 버티고 있는 전방을 향해 진격을 시작했다.

두두두!

* * *

대부(大斧)가 신휘의 머리를 향해 떨어져 내렸다. 전투에서 누구보다 많은 아군을 죽인 거한의 무력은 무서울 정도로 강력했다.

그러했기에 신휘가 직접 나선 것이다.

꽝!

신휘는 피하지 않고 검으로 대부를 후려쳤다. 폭음과 함께 장포 자락이 찢겨 날아갔다.

거한의 두 눈이 세차게 흔들린 것은 마땅히 뒤로 물러섰어야 할 신휘가 곧장 자신을 향해 달려드는 것을 보았을 때였다.

'이럴 수가……'

거한은 황급히 자세를 고쳤다.

하지만 신휘의 검은 눈으로 보는 것 이상으로 빨랐다.

퍽!

"컥!"

신휘의 장검이 거한의 가슴을 뚫었고, 외마디 신음과 함께 거한의 입에서 피가 쏟아졌다.

신휘는 그런 거한의 머리를 좌수로 후려쳤다.

퍽!

뇌수와 피와 신휘의 얼굴을 더럽혔다.

그때였다.

"대원수! 적의 본대가 내려오고 있습니다!"

신휘는 피와 뇌수를 닦아 내며 북쪽을 바라봤다. 과연 적의 본대가 물밀듯 내려오고 있었다.

선두에 나백과 야율목이 있었다.

신휘는 눈빛을 가라앉혔다.

여기서 적의 본대까지 막는다는 것은 방어선의 전 병력이 궤멸을 각오해야 할 터였다.

'아직 오지 않았단 말인가?'

신휘의 두 눈에 초조함이 내려앉을 때였다.

펑펑!

북쪽 하늘에 두 발의 청색 신호탄이 터졌다.

신호탄이 반사된 신휘의 두 눈도 파랗게 물들어 갔다. 뒤이어 입꼬리가 슬쩍 말려 올라갔다.

"왔군. 후후후."

신휘는 좌측을 돌아봤다.

그곳에 이정무와 북궁천이 있었다. 두 사람은 전장의 모두가 그러하듯 피로 목욕을 한 것처럼 혈인이 되어 있었다.

신휘가 그들을 향해 나지막이 소리쳤다.

"백강으로 퇴각하시오!"

북궁천이 물었다.

"대지존의 뜻입니까?!"

"그렇소."

"알겠습니다!"

곧이어 전장에 퇴각 나팔이 울려 퍼졌다.

얼마 남지 않은 적들과 전투를 벌이던 무사들이 재빨리 군영으로 돌아와 집결하기 시작했다.

살아남은 적의 선봉 부대는 수천에 불과했고, 전의를 잃은 그들은 벌판을 새카맣게 물들이며 내려오는 본대와 중원연합군의 한가운데에서 어쩔 줄을 몰라 했다.

돌아가도 죽고, 내려가도 죽을 상황에 처한 것이다.

이정무가 신휘의 곁으로 다가왔다.

신휘가 물었다.

"괜찮소?"

"멀쩡하니 걱정 마시오."

"고맙소."

"별말씀을."

신휘는 북궁천을 돌아보며 말했다.

"백강까지 북궁 가주가 병력을 이끌어 주시오."

"……예?"

"나는 주군께 알려야 할 게 있소."

"혼자서는 너무 위험합니다!"

"걱정 마시오. 아직 죽을 생각은 없으니까. 그럼 나중에 봅시다."

신휘는 곧장 숲으로 몸을 날렸다.

그 모습을 지켜보던 이정무가 북궁천을 돌아보며 말했다.

"서둘러야 할 것 같소. 적의 본대와 거리가 더 좁혀지면 백강까지 가지도 못하고 결판을 내야 하는 상황에 처할 수도 있소."

"……예."

2장
철혈가 전투

철혈가 전투

 연후는 적의 본대를 쫓지 않고 곧장 숲을 타고 산을 넘어가는 것을 선택했다. 산만 넘어가면 곧장 백강이기 때문에 적보다 먼저 도착할 수 있었다.
 윤희가 물었다.
 "어찌하여 적의 본대를 쫓지 않는 것입니까?"
 "백강이 두 번째 방어선이 될 것이오. 그곳에서 적의 전력을 최대한 갉아 놓으면 이후가 보다 수월해질 것이오."
 "하면 대원수께서 이끌고 있는 병력도 그곳으로 물러나는 것입니까?"
 "그렇소. 지금쯤 그곳으로 향하고 있을 거요. 하니 우리도 서둘러야 하오."

"알겠습니다."

모두는 전력을 다해 산을 타기 시작했다.

그러기를 얼마나 흘렀을까? 전방의 숲이 흔들리더니 신휘가 불쑥 모습을 드러내었다.

그의 등장에 모두가 놀랐다. 그건 연후도 마찬가지였다. 병력을 이끌고 백강으로 가야 할 그가 왜 이곳으로 온단 말인가.

"동영이 아무래도 본가로 내려간 것 같다. 놈들은 전투가 시작되기 전부터 보이지 않았다."

"확실한가?"

"놈들이 움직이는 것을 직접 보지는 못했지만 직감이 그래."

우문적이 나섰다.

"대원수의 말대로라면 우리가 먼저 본가로 내려가겠소이다!"

"잠시 생각 좀 하겠소."

모두는 고심에 빠진 연후의 결정을 기다렸다.

그 시간은 그리 오래가지 않았고, 연후가 내놓은 답은 모두를 놀라게 만들었다.

"본가의 방어는 군사에게 맡기고, 우린 곧장 백강으로 간다."

"주군! 동영이 비록 광동성에서 많은 병력을 잃었지만

그래도 여전히 삼만에 달합니다! 물론 본가와 가까운 곳에 항병이 주둔하고 있지만 자칫 잘못하면 천추의 한을 남길 수도 있습니다!"
 지금껏 연후의 뜻이라면 무조건 따랐던 철우가 놀라서 외쳤다. 다른 이들도 그와 같은 심정이었다.
 하지만 연후는 단호했다.
 "군사를 믿어라. 그리로 본가의 주변 지형을 믿어라. 숲에서는 그를 당할 자, 천하에 없다."
 그 말을 끝으로 연후는 먼저 움직였다. 모두가 서로를 쳐다보며 당혹감을 감추지 못할 때 신휘가 나섰다.
 "주군의 뜻이니 모두 따르도록. 다만 철인족과 악마전은 지금 즉시 본가로 내려간다."
 "예!"
 "알겠습니다!"
 철인족과 악마전이 떠나자 신휘는 연후의 곁을 따라붙었다. 다른 이들도 다시 속도를 올려 산을 오르기 시작했다.
 동방리는 연후의 뒷모습을 바라보며 지그시 입술을 깨물었다. 그녀는 결단을 내릴 때 연후의 눈에 어렸던 고뇌를 볼 수 있었다.
 '지금껏 저런 모습을 보이신 적이 없었는데……'
 그런 그녀를 힐끗 쳐다본 황태가 속도를 높여 연후의

곁을 따라붙었다.

"나도 본가로 돌아가겠소."

연후가 걸음을 멈추고 그를 돌아봤다.

씨익.

"이미 철혈가는 내 터전이기도 하지 않소. 그럼 나중에 본가에서 봅시다, 주군."

황태는 우문적에게도 손을 흔들어 보이고는 숲 너머로 몸을 날렸다.

* * *

철혈가.

장로원주 사마송이 군사 현진의 거처를 찾았다.

두 사람은 찻잔을 가운데 두고 이런저런 대화를 나눴다. 물론 대화의 주된 내용은 전쟁과 관련한 것이었다.

"군사는 적이 본가로 향할 거라 보시는가?"

"적이 진격로를 바꿨으니 모든 가능성을 열어 두고 대처해야 할 듯합니다. 주군께서 저를 본가로 돌려보내신 것도 저와 생각이 같기 때문이지 않겠습니까."

"하면 배 총사가 이끄는 항병 부대를 본가로 불러들여야지 않겠나?"

"예. 이미 조치를 취해 두었습니다."

사미송이 나지막이 한숨을 내쉬고는 찻잔을 들어 입으로 가져갔다.

딸그락.

"가장 빠르고 안전하게 소통을 담당해 주었던 독수리들이 갑자기 사라지고 나니 답답하기 짝이 없네. 대체 뭐가 어떻게 돌아가는지 당최 알 길이 없으니……."

"너무 걱정하지 마십시오. 주군께서 알아서 잘 대처하고 계실 겁니다. 그리고 본가는 제가 무슨 일이 있더라도 지켜 낼 것입니다."

"군사만 믿겠네. 또한 나 역시 사력을 다해 도울 것이네."

그렇게 반 시진에 걸쳐 대화를 나누고 사마송은 장로원으로 돌아갔다.

딸그락.

현진은 남은 차를 마저 비우고 밖으로 나섰다. 그리고 향한 곳은 철혈가에서 가장 높은 망루였다.

"충!"

경계를 서고 있던 무사들이 군례로 그를 맞았다.

현진은 망루에 서서 철혈가 주변을 천천히 둘러보았다.

곳곳에서 공부를 끝낸 아이들이 집으로 돌아가지 않고 삼삼오오 모여서 신나게 뛰어놀고 있었고, 냇가에서는 빨래를 하는 아낙들의 웃음소리가 끊이지 않았다.

'이러한 것이 내가 바라는 세상인데…….'

현진의 얼굴이 점점 굳어졌다.

저 평화로운 모습을 보고 있자니 반드시 지켜 줘야 한다는 막중한 책임감과 사명감이 그의 어깨를 짓눌렀다.

휘이잉!

한 줄기 바람이 얼굴을 부드럽게 쓸고 지나갔다.

"한시도 경계를 게을리해선 안 될 것이다."

"예!"

"수고해라."

현진은 무사들을 독려하고 망루를 내려와 북문으로 향했다.

"충!"

북문 방어를 책임지고 있는 부대장이 그를 향해 군례를 취했다. 현진은 부대장과 함께 북문 뒤쪽의 망루로 올라섰다.

그런 그를 지켜보는 눈동자가 있었다.

* * *

신검조장 흑검은 망루에 오른 현진을 응시하며 안광을 번뜩였다.

"전형적인 학사의 차림새인데 모두가 마치 주군을 대하듯 머리를 조아린다? 하면 저놈이 북부무림의 군사 현진이라는 놈이겠군."

거리가 멀어서 얼굴까지 확인할 순 없었지만 흑검은 현진의 정체를 확신했다.

그는 풍천의 명령으로 먼저 철혈가로 내려와 주변을 탐색하는 중이었다.

"최대한 가까운 곳까지 내려가서 주변을 살펴보도록."

"예."

인자 다섯이 눈앞에 펼쳐져 있는 숲으로 뛰어들었다. 잠시 후 현진이 망루를 떠나자 흑검은 철혈가 주변을 날카롭게 살폈다.

'딱히 특별할 것도 없는데 어째서 불길한 생각이 자꾸만 드는 걸까?'

그랬다.

직접 와서 본 철혈가는 딱히 특별할 것도 없는 모습을 하고 있었다.

놀라울 정도의 방대한 면적과 웅장한 전각들을 제외하면 무가(武家), 그 이상의 것은 어느 곳에서도 찾아볼 수가 없었다.

그런데 보고 있으니 뭔지 모를 섬뜩함이 느껴졌고, 섬뜩함은 곧 불길한 생각으로 이어졌다.

'철혈가라는 이름 때문이겠지. 제아무리 철혈가라도 주력이 모두 빠져나갔을 테니 결코 우리를 당해 내지는 못할 것이다. 게다가 놈들은 우리가 온다는 것을 전혀 모르고 있다.'

애써 불길한 생각을 떨쳐 낸 흑검은 숲에 몸을 숨긴 채 수하들이 돌아오기를 기다렸다.

그때였다. 수하들이 내려간 숲에서 시커먼 연기가 아른거리는 것이 흑검의 눈에 들어왔다.

거리가 제법 있었던 까닭에 흑검은 공력을 이용해 시력을 끌어올렸다. 하지만 연기는 이미 사라지고 보이지 않았다.

'헛것을 본 모양이군.'

흑검은 가져온 물로 목을 축였다.

그의 곁을 지키고 있던 부조장이 조심스럽게 입을 열었다.

"철혈가에 대한 정보가 너무 없습니다. 그래서 조금 불안합니다, 조장."

"걱정할 거 없다. 삼만에 육박하는 우리를 제깟 놈들이 무슨 수로 감당할 수 있겠느냐. 게다가 놈들은 우리가 온다는 것을 모르고 있을 테니 한 시진 정도면 충분히 점령할 수 있다."

"……."

부조장이 무슨 말을 하려다가 입을 다물었다.

그때였다.

"응?"

흑검이 미간을 좁혔다. 헛것이라 여겼던 시커먼 연기가 다시 피어오르는 것을 본 것이다.

"누가 불을 피우는 것 같습니다."

"뭔가 태울 때 나는 연기가 저렇게 검을 수도 있나?"

"비단이나 짐승의 가죽을 태울 땐 저런 색이 될 수도 있습니다."

"그래?"

부조장의 말에 흑검은 다시 뒤로 비스듬히 기대며 물주머니를 입으로 가져갔다.

"날씨 한번 죽이네."

"그러게 말입니다."

"이런 화창한 날씨에 죽어 갈 철혈가 놈들을 생각하니 내가 다 안타깝네. 후후후."

언제 그랬냐는 듯 흑검의 입가에 미소가 걸렸다.

그때 뒤쪽에서 인기척과 함께 인자 한 명이 모습을 드러냈다.

"태합 전하께서 산 너머에 도착하셨습니다."

"벌써 말이냐?"

"예. 지금 전군과 함께 산을 오르고 계십니다. 대략 반

철혈가 전투 〈61〉

시진 후면 정상에 오르실 것 같습니다."

일어서려 하던 흑검이 반 시진이라는 말에 다시 비스듬히 누웠다.

"잠깐 눈 좀 붙일 테니 정찰에 나선 녀석들이 돌아오면 깨워라."

"예."

     * * *

"컥!"

목을 움켜쥐며 괴로워하던 인자가 이내 축 늘어졌다. 그런 인자를 내려다보는 현진의 두 눈에 당혹감이 어려 있었다.

'동영의 인자가 왜…….'

망루에 있을 때, 숲 사이로 뭔가 희끗하게 움직이는 것을 보았다. 해서 즉각 이곳으로 달려왔더니 동영의 인자가 내려오고 있었다.

조금만 더 내려왔더라면 진이 발동되었을 수도 있는 상황이었다.

"검."

현진이 손을 내밀자 무사가 자신의 검을 뽑아 그에게 건넸다. 현진은 무사의 검으로 의식을 잃고 늘어진 인자를 깨웠다.

 눈을 뜬 인자가 현진을 발견하고는 재빨리 입술을 모았다.

 삐익!

 인자의 입에서 마치 호각성 같은 소리가 날카롭게 터졌다. 현진의 두 눈이 이채를 발했다.

 "다른 놈들이 더 있다는 것이군."

 삐익! 삐익!

 인자는 아랑곳하지 않고 계속 휘파람을 불어 댔다. 하지만 현진이 검을 들어 어깨에 올리자 그제야 입을 다물었다.

 "이 연기가 무엇인 줄 아나?"

 "……."

 "이 연기 안에서는 벽력탄이 터져도 아무런 소리조차 밖으로 흘러 나가지 못한다."

 푹!

 "큭!"

 검이 인자의 어깨를 뚫고 들어갔다. 현진은 거기서 그치지 않고 검을 천천히 좌우로 비틀었다.

 까가각.

 뼈가 긁히는 소리가 흘러나왔다.

 "끄으…… 끄아악!"

인간이면 참을 수 없는 고통에 그 독하다는 인자가 비명을 질러 댔다.

잔혹한 광경에 현진에게 검을 건넸던 무사의 얼굴이 창백하게 변했다. 하지만 정작 현진은 무심하기 짝이 없는 얼굴로 물었다.

"여기 온 이유를 들어야겠다."

"개소리 좀…… 그만하지. 크크크!"

"그래?"

까가각!

"크아악!"

검이 점점 더 아래쪽으로 내려가자 살이 갈라지며 피가 콸콸 쏟아졌다.

"끄아악!"

"아, 미처 깜박했는데…… 넌 기절도 못해. 그러니까 내가 멈추기 전까지는 이 고통을 온전히 다 감당해야 할 거다."

까가가각!

"끄아아아!"

주르륵.

인자의 눈이 찢어지자며 피가 흘러내렸고, 입에서는 거품이 부글부글 끓기 시작했다.

현진은 비로소 검을 뺐다.

"이제 들어 볼까?"

"닥쳐! 이 개새끼야!"

기대감은 실망으로 이어졌고, 실망은 곧 분노로 바뀌었다.

"너흰 곧 다 뒈질 거야. 한 놈도 남김없이 모조리! 크하하하!"

분노로 일렁이던 현진의 눈빛이 슬쩍 변했다.

"태합이 이곳으로 오는 모양이군."

"……!"

인자는 비로소 자신이 실수했다는 것을 깨달았다. 그때 검이 그의 목을 잘랐다.

서걱!

털썩!

현진은 무사에게 검을 건네고 북문으로 향했다.

무사가 곁을 따르며 물었다.

"전투태세를 발동할까요?"

"진이 발동할 때까지는 모른 척하고 있어야 한다."

"진이 깔려 있지 않은 정면으로 올 수도 있지 않겠습니까?"

"놈들은 절대 정면으로 오지 않는다. 숲과 어둠에 특화되었다는 인자로 구성된 동영이 저 우거진 숲을 외면할 리 없다."

"……."

"너는 속히 장로원으로 가서 원주께 적이 오고 있음을 말씀드려라."

"알겠습니다!"

현진은 황급히 달려가는 무사의 뒷모습을 응시하며 눈빛을 가라앉혔다.

'주군도 이 사실을 모르고 계실 가능성이 크다. 아셨다면 독수리가 없다 해도 어떻게든 연락을 하셨을 것이다. 하면 온전히 현재의 전력으로 동영을 감당해야 한다.'

꽉!

꽉 쥐어진 현진의 두 주먹에 굵은 힘줄이 돋아났다.

'어떻게든 버텨야 한다.'

* * *

풍천은 산의 정상에서 바둑판처럼 펼쳐진 세상을 내려다보며 감탄을 금치 못했다.

동영에서는 본 적이 없는 광활함에 그는 가슴마저 벅차오름을 느꼈다.

'정녕 남부 지방의 두 개 성을 차지하는 것에 만족해야 한단 말인가.'

광활한 세상을 보고 있자니 스스로 억눌렀던 야망이 다

시 머리를 내밀기 시작했다.

'저곳이 중원무림의 심장이라는 철혈가…….'

풍천은 숲에 가려져 살짝 모습을 드러낸 철혈가의 전각들과 망루가 있는 곳으로 시선을 돌렸다.

자신들이 지척에 와 있건만 철혈가는 한없이 조용할 뿐이었다.

흑월이 다가왔다.

"오만한 자들입니다. 전쟁이 벌어졌으면 마땅히 이 주변까지도 경계를 서야 하건만, 아무리 살펴봐도 경계의 흔적조차 찾을 수가 없었습니다."

"그렇다면 쌍수를 들고 환영할 일이 아니냐."

풍천은 철혈가를 무너뜨릴 자신이 있었다. 이곳까지 오는 동안에 어떤 방해도 없었고, 병력의 손실도 전무했다.

또한 철혈가의 삼면을 둘러싸고 있는 숲이 자신감을 부추기고 있었다.

"무슨 일이 있어도 이곳을 점령하여 무너진 동영의 자존심을 회복해야 한다. 알겠느냐?"

"예!"

"명을 내리시면 당장에 철혈가로 달려가겠나이다!"

"너희들이 피가 끓는 모양이구나. 마땅히 그래야지. 술을 가져오너라! 의식을 시작할 것이다!"

'한시가 급한 이 시점에서 의식이라니…….'

흑월은 목구멍까지 넘어온 이 말을 애써 집어삼켰다.

잠시 후 의식이 시작되었다.

모두가 엄숙한 분위기 속에서 경건한 마음으로 의식을 지켜볼 때, 흑월은 나지막이 한숨을 내쉬며 철혈가를 바라봤다.

'아무리 그래도 이렇게까지 조용할 수가 있다니…….'

감히 누구도 이곳까지 쳐들어오지 못할 거라는 오만이 빚은 방심이라 여겼다. 그런데 시간이 흐를수록 알 수 없는 불길함이 머리를 내밀었다.

그때였다.

스슥.

흑검이 올라섰다.

풍천을 향해 머리를 조아리려던 그가 의식이 치러지고 있음을 깨닫고는 흑월을 힐끗 쳐다봤다.

흑월이 전음으로 물었다.

[뭐라도 좀 알아냈느냐?]

[흥!]

돌아온 것은 싸늘한 콧방귀였다. 흑월의 눈썹이 칼날처럼 휘어졌다.

[경고하는데…… 이 전쟁이 끝날 때까지는 사심을 버리는 게 좋을 것이다. 너로 인해 아군이 위험에 처하는 상황이 발생한다면 아무리 네가 내 동생이라도 용서치 않

을 것이다, 흑검.]

[후후후. 누가 할 소리를.]

그때 의식이 끝났다.

"술잔을 들어라."

처처척!

모두가 손에 들고 있던 술잔을 하늘 높이 치켜들었다. 술잔이 없었던 흑검은 슬며시 뒤로 물러섰다.

풍천을 비롯한 수뇌부 모두는 술을 아홉 번에 걸쳐 마셨다. 그것은 전장에 나가기 전에 하는 풍천만의 의식이었다.

의식이 끝나자 풍천이 흑검을 돌아보며 물었다.

"어떻게 되었느냐?"

"철혈가의 군사를 보았습니다. 그자가 철혈가의 방어를 책임지고 있는 것 같습니다."

"경계의 정도는?"

"북문과 서문 바로 앞까지 숲이 이어져 있으니 경계망 따위는 무시하고 진격하시면 될 것 같습니다."

"그래?"

퍼석!

풍천의 손아귀에서 술잔이 산산조각이 나며 떨어져 내렸다. 뒤이어 풍천의 두 눈이 잔혹한 살기를 머금어 갔다.

"죽은 무사들을 위한 복수를 시작할 때이니라. 모두 죽기를 각오하고 전투에 임해야 할 것이다. 알겠느냐!"
"예!"
챙!
풍천이 검을 뽑았다.
"전군, 진격하라!"

* * *

흑월에게 주어진 병력은 오천이었다.
최정예 일만이 풍천과 함께 움직였고, 나머지 병력은 흑검을 비롯한 수뇌부들에게 각각 나뉘었다.
선봉은 흑검의 몫이었다.
흑월은 서쪽으로, 다른 수뇌부들은 동쪽 능선을 타고 철혈가를 향해 진격했다.
풍천은 일만의 정예와 함께 선봉을 맡은 흑검의 뒤를 따라 움직였다.
'달이 뜨기 전에 끝장을 보고야 말리라.'

* * *

동영의 공격이 임박했음이 모두에게 전해졌지만 철혈

가는 여진히 조용했다.

누군가에게는 질식할 것만 같은 정적이랄 수도 있는 무거움이었다.

현진은 자신의 거처에서 마치 의식을 행하듯 조용히 철선(鐵扇)을 닦았다.

그의 손길이 지나갈 때마다 철선은 섬뜩한 빛을 번뜩이며 점점 더 날카롭게 변해 갔다.

슥, 슥, 슥.

그렇게 얼마나 흘렀을까?

퍼퍼펑!

밖에서부터 세 발의 폭음이 흘러들었다.

"드디어 시작인가?"

현진은 깨끗한 천으로 철선을 닦고서는 밖으로 나섰다. 밖에는 호위무사 두 명이 대기하고 있었다.

한 호위가 굳은 얼굴로 말했다.

"정면을 제외한 삼면에서 거의 동시에 신호탄이 터졌습니다."

"가자꾸나."

"예."

현진이 향한 곳은 대전각의 지붕이었다. 철혈가의 모든 곳을 지켜볼 수 있는 그곳이 현진의 자리였다.

펑!

신호탄 한 발이 다시 터졌다.

그것은 적의 출현이 아닌 진의 발동을 알리는 신호였다. 진이 발동한 곳은 능선에서 곧장 북문으로 이어지는 길목이었다.

"으앗!"

"진, 진이다!"

적의 아우성이 현진의 귓속으로 흐릿하게 흘러들었다. 그때 서문으로 향하는 숲에서도 진의 발동을 알리는 신호탄이 터졌다.

펑!

그리고 약간의 시간을 두고 동쪽 숲에서도 신호탄이 터졌다.

펑!

현진의 두 눈이 지금까지 볼 수 없었던 진득한 살기로 채워졌다. 연후를 만나기 전의 모습으로 되돌아간 것이다.

"기관 작동을 알려라."

"예!"

호위무사 하나가 시위에 화살을 얹고는 곧장 하늘 높이 쏘아 올렸다.

쐐애액!

펑!

하늘에 지금까지와는 다른 색깔과 형태의 폭발이 일어났다. 하나의 거대한 꽃의 형상을 하며 떠오른 빛이 수백, 수천 갈래로 떨어져 내린 순간, 숲 곳곳에서 처절한 비명이 터지기 시작했다.

"크아악!"

"으아악!"

철그럭, 철그럭.

현진은 수중의 철선을 접었다 폈다 하며 지그시 눈을 감았다.

그런 그의 곁으로 떨어져 내리는 사람이 있었다. 장로 원주 사마송이었다.

현진이 감았던 눈을 뜨며 머리를 숙였다.

사마송이 그런 현진을 향해 결연한 어조로 말했다.

"이 전쟁이 끝날 때까지는 누구에게도 머리를 숙이지 말게. 주군이 오시기 전까지 자네가 우리를 이끌어 주어야 하네."

"명심하겠습니다."

사마송은 비명이 끊이지 않는 숲을 바라보며 두 눈에 불꽃을 담았다.

"단 한 놈도 철혈가의 담장을 넘어서지 못하게 하리라."

* * *

"대체 이게……."

흑월의 얼굴이 당혹감으로 인해 딱딱하게 굳어졌다.

거칠 것 없이 철혈가를 향해 진격하던 병력 일부가 갑자기 사라졌다. 그것도 눈앞에서.

그리고 터져 나오기 시작한 처절한 단말마들.

"진입니다! 사방에 진이 깔려 있는 것 같습니다!"

"세상에 이런 진이 존재했다니……. 하면 우리가 먼저 내려왔을 땐 어째서 진이 발동하지 않았단 말이냐!"

"설마 놈들이 지켜보고 있었던 것은 아닐까요?"

"어쩌면 그럴지도……."

챙!

흑검이 검을 뽑아 들며 싸늘히 소리쳤다.

"무시하고 계속 내려간다!"

"예!"

그와 함께 나선 병력은 오천. 진에 덜려 든 병력은 고작 수백에 불과했다.

'이따위 진을 믿고 그리도 조용했더냐? 가소로운 것들.'

흑검은 선두에서 병력을 이끌었다. 그렇게 얼마나 더 이동했을까?

"으억!"

"진이다!"

좌측에서 소란이 일었다. 또다시 수백에 달하는 병력이 진에 걸려 감쪽같이 사라진 것이다.

철킥! 철킥!

위이잉!

"크악!"

"으아악!"

"조장! 진 속에 기관이 있는 것 같습니다!"

처절한 단말마에 섞여서 흘러나오는 섬뜩한 금속성은 이미 흑검도 또렷하게 듣고 있었다.

"진격을 멈추지 마라!"

파파팟!

흑검은 진격을 종용했다. 아무리 많은 진이라도 오천에 달하는 병력을 모두 가둘 순 없을 거라 확신했기 때문이다.

게다가 이제 목적지인 철혈가의 북문까지는 불과 삼백 장도 남지 않은 거리였다.

그때였다. 흑검의 눈에 수풀 사이로 희끗 움직이는 뭔가가 들어왔다.

팟!

흑검은 물체를 쫓아 방향을 틀었다.

철혈가 전투 〈75〉

황급히 숲을 빠져나가는 두 명의 백포인이 있었다. 흑검의 검이 강기를 뿜었다.

퍼퍽!

"으악!"

"큭!"

두 백포인은 흑검의 일격에 피를 뿌리며 쓰러졌다. 흑검은 한 백포인의 손에 쥐고 있던 이상한 물건을 내려다보며 안광을 번뜩였다.

"진 속의 기관을 발동시키는 놈이 따로 있었구나."

그는 좌우를 돌아보며 소리쳤다.

"흩어져서 적들을 찾아 없애라!"

신검조가 좌우로 빠르게 흩어졌다.

콱!

흑검은 죽은 백포인의 머리를 짓밟고는 다시 능선을 타고 내려가기 시작했다.

그리고 잠시 후, 드디어 철혈가의 북문이 보이기 시작했다.

담장 위에 늘어선 철혈가의 무사들보다 흑검의 시선을 잡아끈 것은 대전각의 지붕에 서 있는 현진이었다.

흑검은 현진이 주변을 재빨리 살폈다. 그러고는 현진의 주변에 호위무사가 두 명이 전부라는 것을 확인하고는 이를 드러내며 싸늘히 웃었다.

'저놈만 잡으면 끝난다!'

흑검은 자신이 가장 먼저 철혈가의 북문까지 도착한 것을 절호의 기회라 여겼다.

연후가 없는 철혈가에서 당연히 군사 현진이 수장일 터. 그렇다면 이제 현진의 목만 베면 흑월을 제치고 자신이 가장 큰 전공을 세우게 될 터였다.

흑검은 검을 들어 북문을 가리키며 소리쳤다.

"그대로 담장을 넘어간다!"

* * *

현진은 북문의 지척에까지 이른 적들을 내려다보며 눈빛을 가라앉혔다.

'진을 무시하고 내려오다니······.'

현진은 자신을 올려다보며 차갑게 웃는 흑검을 응시했다.

'수하들의 죽음 따윈 아랑곳하지 않는 너의 악독함을 경멸한다. 경멸의 대가는 네가 무시했던 수하들의 죽음으로 이어질 것이다.'

촤르륵!

수중의 철선이 금속성을 울리며 펴졌다.

"기관을 작동시켜라."

그의 입술을 뚫고 흘러나온 나지막한 목소리는 담장 너머의 무사들에게까지 또렷하게 전달되었다.

담장 너머에서 대기하던 무사들이 담장 속으로 연결되어 있는 손잡이를 힘껏 끌어당겼다.

그러자 담장 너머에서 기괴한 소리가 울리며 비명이 터졌다.

위이잉!

"크아악!"

"끄아악!"

"기관이다! 피해라!"

* * *

퍼퍼퍽!

"크아악!"

위이잉!

"으아악!"

담장에서 돌가루가 자욱하게 치솟았다. 그 속에서 종류를 모를 암기들이 지척에까지 이른 동영의 인자들을 덮쳤다.

또한 땅속에서도 짐승을 잡을 때나 쓰일 법한 쇠꼬챙이들이 마구 솟구쳐 올랐다.

동영의 인사들은 기관이 쏟아 내는 무시막지한 공격을 막지도, 피하지도 못한 채 꼬꾸라졌다.

  혹시 몰라 북문으로 뛰어오르지 않고 뒤쪽에 살짝 처져 있었던 흑검의 두 눈이 찢어질 듯 커졌다. 이럴 수도 있을 거라는 예상을 하고 수하들을 먼저 보낸 그였다.

  하지만 막상 소름이 끼칠 정도로 강력한 기관의 위력을 두 눈으로 목도하니 온몸의 피가 싸늘히 식어 버리는 기분이었다.

  '이제 더 이상의 기관은 없겠지.'

  화르륵!

  흑검의 두 눈이 살광을 폭사했다.

  그는 지붕 위의 현진을 올려다보며 땅을 박차고 뛰어올랐다.

  '이제 끝장이다, 개자식아!'

  더 이상의 기관은 없을 거라는 흑검의 확신은 담장을 넘어서기도 전에 무참히 깨졌다.

  쐐애액!

  "……!"

  흑검은 자신을 향해 떨어져 내리는 거대한 칼날을 발견하고는 황급히 몸을 비틀어 원래의 자리로 되돌아갔다.

  슈아악!

  거대한 칼날은 간발의 차이로 그가 떠올랐던 허공을 가

르고 사라졌다.

싸아아…….

흑검은 등골을 타고 올라오는 전율에 눈빛을 떨었다.

'빌어먹을……. 방금 그건 뭐였지?'

생각만 해도 아찔한 순간이었다. 찰나의 순간만 지체했더라도 자신은 이미 두 조각으로 무참히 쪼개졌을 것이었다.

흑검은 뒤를 돌아보았다.

신검조를 비롯한 인자들이 속속 북문을 향해 내려오고 있었다.

"어이, 거기!"

흑검은 신검조와 함께 움직이던 인자들을 불렀다. 열 명가량의 인자들이 재빨리 그의 곁으로 달려왔다.

"지금 즉시 담장을 넘어가서 지붕 위의 저놈을 노려라!"

"알겠습니다!"

열 명의 인자가 그대로 땅을 박차고 뛰어올랐다.

인자들이 담장 위쪽까지 솟구쳐 올랐을 때였다.

쐐애액!

공기를 찢는 파공성과 함께 또다시 거대한 칼날이 나타났다.

퍼퍼퍼퍼퍽!

"크아악!"

"끄아악!"

다섯 명의 인자가 몸이 두 동강이 나버리는 참혹한 죽음을 맞았다.

다른 자들도 지상으로 내려서기 전에 철혈가의 무사들에 의해 피를 쏟으며 꼬꾸라졌다.

"으…… 저게 뭐냐?"

"세상에 저런 기관이 존재했다니……."

세상에서 가장 지독한 독종이라는 인자들이 경악을 금치 못한 채 뒤로 주춤주춤 물러섰다.

흑검은 다시 눈빛을 떨었다.

'담장을 넘어갈 수는 있다. 하지만 그러려면 엄청난 피해를 감수해야 하는데…….'

흑검은 갈등했다. 아직 담장 너머에 어느 정도의 전력이 도사리고 있는지 모르는 상황에서 선뜻 결정을 내릴 수가 없었다.

당장은 저 말도 안 되는 강력한 기관부터가 문제였다.

"크아악!"

"으아악!"

여전히 뒤쪽에서는 진에 걸리는 인자들이 속출했고, 그들이 지르는 비명성은 무사히 북문까지 내려온 동료들의 전의를 꺾고 있었다.

'빌어먹을. 괜히 선봉을 자처했구나.'

흑검은 비로소 후회했다.

자신이 마치 칼받이가 된 기분마저 들었다. 또한 지금껏 느껴 보지 못한 두려움에 온몸이 굳어지는 것 같았다.

'사람은 코빼기조차 보지 못했는데……'

주르륵.

흑검의 뺨을 타고 땀이 흘러내렸다.

지금까지 상대했던 것은 오로지 진과 기관뿐이었다. 그럼에도 상당한 병력이 목숨을 잃거나 지금도 진에 갇혀 무참히 죽어 가고 있었다.

"조장! 더는 무리입니다! 태합 전하께서 이끄는 병력이 내려오시기를 기다렸다가 다시 공격하는 것이 좋겠습니다!"

꽈악!

흑검은 어금니를 악물며 집결한 병력을 돌아봤다. 그러고는 이내 불신에 찬 신음을 토했다.

"크흠!"

절반에 가까운 병력이 보이지 않았다. 고작 저 산을 타고 내려오는 데 거의 이천오백에 달하는 병력이 목숨을 잃거나 이탈한 것이다.

흑검의 갈등은 점점 깊어졌다.

흑월을 누를 공을 세우려면 가장 먼저 철혈가의 담장을

넘어가야 한다.

하지만 그러자니 위험 부담이 너무 컸다. 공을 세워도 목숨을 잃으면 모든 것이 무의미해지지 않는가.

휘이잉!

바람이 고심에 빠진 흑검의 얼굴을 사납게 할퀴고 지나갔다.

"조장! 어서 결정을 내려 주십시오! 여기서 머뭇거리다가 적의 공격을 온전히 저희가 다 받게 될 수도 있습니다!"

"조장! 이렇게 무의미하게 죽을 순 없습니다! 속하들에게 제대로 싸울 기회를 주십시오!"

"조장!"

지금껏 흑검의 명령이라면 죽음마저 불사했던 신검조였다.

그러나 이번만큼은 그들도 재고를 청할 수밖에 없었다. 이대로라면 아무런 의미도 없는 개죽음을 당할 것이 뻔한 탓이었다.

꽈악.

흑검의 치아가 입술을 파고들었다.

결국 그는 풍천이 이끄는 병력이 내려올 때까지 잠시 뒤로 물러서기로 결정했다.

그가 자신의 결정을 말하려 할 때였다.

"크억!"
"컥!"
갑자기 좌우측에서 다수의 인자들이 목을 움켜쥐며 휘청거리기 시작했다.
"도, 독이다!"
"조장, 독입니다!"
"……!"
흑검은 두 눈을 부릅떴다.
'바람의 방향이…… 바뀌었다!'
조금 전 자신의 얼굴을 할퀴고 지나간 바람은 틀림없이 순풍이었다. 그런데 어느새 역풍으로 풍향이 바뀌어 있던 것이다.
"모두 호흡을 멈추고 서둘러 이곳을 벗어나라! 어서!"
다급히 명령을 내린 흑검은 지붕 위의 현진을 향해 괴성을 질렀다.
"크아아!"

* * *

"독이다!"
"피해라!"
북문 지척까지 내려온 적을 응시하며 다음 계획을 준비

하던 현진의 두 눈이 이채를 발했다.
 갑자기 적들이 혼비백산하여 좌우로 흩어지기 시작한 것이다.
 '독이라고?'
 그는 뒤를 돌아보며 물었다.
 "누가 독을 풀었느냐?"
 "저희도 잘 모르겠습니다."
 "속히 내려가서 확인하고 독을 풀었다면 즉시 멈추라 전하거라! 어서!"
 "예!"
 현진은 황급히 지붕을 내려가는 무사의 뒷모습을 응시하며 눈빛을 가라앉혔다.
 '바람의 방향이 언제 바뀔지 모르는데 함부로 독을 쓰다니……'
 이건 누구에게도 명령하지 않은 것이었다.
 그때였다.
 현진은 숲 위쪽으로 아련하게 퍼져 나오는 핏빛 연기를 보았다. 비명은 바로 그곳에서 터져 나오고 있었다.
 '누구지? 적을 공격하는 것을 보면 우리 편이라는 건데……. 하면 도대체 누가 독을 썼단 말인가.'
 호위가 놀란 얼굴로 외쳤다.
 "저 핏빛 연기가 독연인 것 같습니다! 저것이 지나간

철혈가 전투 〈85〉

곳에서 어김없이 적들의 비명이 터지고 있습니다! 혹시…… 육손 님이 오신 게 아닐까요?"

'어쩌면 그럴지도.'

육손이 독인이 되었다는 사실을 모르고 있는 현진은 부디 저 핏빛 연기의 주인이 육손이기를 바랐다. 그의 독공이라면 적을 막아 내는 데 엄청난 도움이 되어 줄 터였다.

현진은 시선을 돌려 서남쪽을 바라봤다.

'배 총사가 속히 와 줘야 할 텐데…….'

배염이 이끄는 오만의 항군. 현진은 그들이 도착할 때를 반격 시점으로 잡고 있었다.

* * *

"총사."

항군 총사 배염의 막사로 부장 금호가 들어섰다.

"방금 다린 차입니다. 드십시오."

"고맙네."

차를 한 모금 마신 배염이 금호를 올려다보며 물었다.

"아직 아무 연락도 없는가?"

"예. 아직까지 별다른 연락이 없는 것을 보면 전황이 나쁘지 않은 것 같습니다."

"그렇다면 다행인데……."

배염은 묵묵히 고개를 끄덕이며 차를 마셨다.

"오늘따라 향이 더 좋은 것 같군."

"좋으시다니 다행입니다."

"자네도 한잔하지 그러나?"

"아닙니다. 속하는 괜찮습니다."

그때였다.

"총사!"

백인장이 황급히 들어섰다.

금호가 물었다.

"무슨 일이냐?"

"군사로부터 진격 명령이 떨어졌습니다!"

"목적지는?"

"주군가입니다!"

백인장의 그 말에 배염이 놀란 표정이 되었다.

"뭐라? 하면 적이 주군가를 향해 내려오고 있단 말이냐!"

"자세한 내용은 적혀 있지 않았습니다. 다만 풍천이 이끄는 동영의 주력이 주군가의 지척까지 내려왔으니 가급적 탁 트인 곳을 따라 이동하라 적혀 있었습니다."

"동영 따위가 감히……."

탁!

배염은 찻잔을 내려놓으며 벌떡 일어섰다.

"알았으니 부장은 속히 전군에 진격을 준비하라 전하게!"

"알겠습니다."

금호가 막사를 나가자 배염은 신속하게 갑주를 걸치고 검을 챙겼다. 그리고 막사를 나서려고 할 때 금호가 다시 들어섰다.

"진격 준비를 전하지 않고 왜 돌아왔는가!"

"아무래도 총사께서는 가지 않으셔도 될 것 같습니다."

"……뭐라?"

스르릉.

금호가 검을 뽑았다. 돌연한 행동에 배염도 재빨리 검파에 손을 가져갔다. 그러다가 돌연 가슴을 움켜쥐며 허리를 꺾었다.

"크윽!"

후두둑!

배염의 입에서 흘러내린 피가 탁자 위로 떨어졌다. 그런 배염을 바라보는 금호의 두 눈이 경멸과 증오로 가득했다.

그의 입술을 뚫고 한서린 음성이 흘러나왔다.

"오늘 같은 날이 오기만을 기다리며 참고 또 참았다."

"네, 네 이놈……."

"주군의 총애를 받으며 호위호식했던 너는 끝까지 싸울 생각은 하지 않고 검을 꺾었다. 그러고도 네놈이 서북무림의 무인이라 할 수 있겠느냐!"

"……!"

휘청!

배염이 한 차례 휘청거리고는 의자에 털썩 주저앉았다. 그런 그의 두 눈은 불신으로 인해 세차게 흔들리고 있었다.

"오만의 항군 중에 삼만이 이미 나와 뜻을 같이하기로 하였다. 그 삼만으로 불구대천의 원수, 이연후의 터전을 피로 씻어 버릴 것이다. 또한 네놈의 가족들도 너를 따라 지옥으로 보내 줄 것이다."

스슥.

금호의 검이 배염의 목젖에 닿았다.

세차게 흔들리는 배염의 눈동자에서 빠르게 생기가 빠져나갔다. 찻잔에 든 독이 그만큼 맹독이었던 것이다.

"어리석은……. 네놈 때문에 애꿎은 삼만이 목숨을 잃게 생겼구나."

"주군의 복수를 위해서라면 죽는 것도 두려워하지 않을 친구들이다. 하긴 항상 양지만을 좇았던 너 같은 배신자는 그러한 충정을 전혀 이해할 수가 없겠지."

"하아……."

배염이 탄식하며 지그시 눈을 감았다.

금호의 두 눈에 살광이 떠올랐다.

"이제 그만 지옥으로 가거라."

서걱!

배염의 목이 바닥으로 떨어졌다.

뒤이어 두 명의 천인장이 안으로 들어섰다. 그들은 배염의 목을 보고도 일말의 동요조차 보이지 않았다. 오히려 증오를 드러내며 침을 뱉었다.

퉤!

"더러운 배신자 새끼."

한 천인장이 금호에게 물었다.

"우리와 함께하지 않을 이만은 어떡할 생각입니까?"

"그들과 싸우느라 전력을 허비할 순 없다."

"그렇다고 함께 움직일 수도 없지 않습니까?"

"그들은 철혈가가 아닌 다른 곳으로 보낸다."

"……예?"

금호는 검에 묻은 피를 닦으며 말을 이었다.

"천인장들을 집합시켜라. 내가 직접 그들에게 백야벌로 가라는 명령을 하달할 것이다. 그들이 백야벌로 떠나면 우린 그 즉시 철혈가로 진격한다."

"알겠습니다."

한 천인장이 막사를 나가자 다른 천인장이 조심스럽게

물었다.

"동영이 쳐들어온 것이면 먼저 풍천을 만나 손을 잡아야 할 텐데…… 과연 그자가 우리와 손을 잡으려 할까요?"

"동영은 광동성에서 상당한 피해를 입었다. 또한 풍천은 아들까지 잃었으며, 복청에서 빠져나가기 위해 이만이라는 엄청난 병력을 미끼로 던져 무참히 희생시켰다. 따라서 그자도 우리만큼이나 이연후에 대한 원한이 클 터. 하면 무조건 우리와 손을 잡게 되어 있다. 단 한 명의 병력이 아쉬울 테니까."

"하면 빨리 움직이시죠."

"서두를 거 없다. 동영이 어느 정도 전력의 손실이 발생했을 때 손을 내밀어야 우리가 원하는 것을 얻어 낼 수 있다."

"아……."

"일단 여기부터 치워라."

"알겠습니다."

천인장이 나가고 홀로 남게 된 금호는 막사 한쪽에 놓여 있던 술병을 들어 입으로 가져갔다.

벌컥벌컥!

탁!

금호는 술병을 내려놓으며 배염의 의자에 앉았다.

"우리를 살려 준 것이 네놈에게 어떤 결과를 가져다줄지 기대해라, 이연후."

* * *

흑검이 현진의 진과 기관에 고전을 면치 못하고 있을 때, 다른 방향으로 진격했던 흑월도 비슷한 상황을 겪고 있었다.
"으악!"
"크아악!"
지척에서 수하들의 처절한 비명이 연이어 터졌다. 하지만 보이는 것이라고는 수하들을 가둬 버린 우거진 숲이 전부였다.
철컥! 철컥!
"크아악!"
진 속에서 쇳소리가 울릴 때마다 비명이 터졌다. 진 속에 기관이 있음이 틀림없었다.
'이런 게 실재하다니……..'
파르르…….
흑월의 두 눈이 세차게 흔들렸다.
철혈가의 담장까지 내려오는 동안에 최소 이천에 달하는 수하들이 진에 갇혀 목숨을 잃거나 죽어 가고 있었다.

병력의 시 할에 달하는 숫자였다.

더 큰 문제는 도저히 어떻게 할 방법이 없다는 점이었다. 동영에도 진법은 존재하지만, 이렇게 대량으로 살상이 가능한 진은 들어 본 적도 없었다.

게다가 흑월은 진에 문외한이나 다름없었다.

"빌어먹을!"

한 인자가 동료들이 갇힌 진을 향해 마구잡이로 검을 휘둘렀다. 그러다가 한 발 잘못 디디는 바람에 그마저도 진에 갇히고 말았다.

"으악!"

"조장! 계속 내려갑니까?!"

"이제 숲은 거의 다 지나왔다. 멈추지 말고 진격해라!"

인자들은 동료들의 처절한 비명을 뒤로하고 철혈가를 향해 속도를 올렸다.

잠시 후 흑월의 눈에 성곽만큼이나 높은 담장이 보이기 시작했다.

"멈춰라!"

흑월이 손을 들어 모두를 멈추게 했다.

"바로 넘어가면 되지 않겠습니까?"

측근의 말에 흑월은 고개를 저었다.

"담장 위에 최소한의 방어 병력조차 없다. 하면 저 담장 너머에도 뭔가가 있다는 것이니 흥분을 가라앉히고 침착하게 굴어라."

"……!"

흑월은 확실히 흑검보다 냉철했다.

그는 철혈가 주변을 날카롭게 살피며 고심에 빠졌다. 그러다가 곧 안광을 번뜩였다.

'정문이다. 정문은 숲이 없으니 최소한 진을 걱정할 필요는 없다.'

흑월은 곧장 명령을 내렸다.

"담장을 타고 돌아 정문으로 치고 들어간다. 서둘러라!"

"예!"

흑월이 선두에서 병력을 이끌었다.

* * *

'제법이군.'

현진은 담장을 타고 정문 쪽으로 빠르게 선회하는 적들을 내려다보며 눈빛을 발했다.

대략 삼천쯤 될까?

현진은 정문 쪽으로 시선을 돌렸다.

아직 그곳은 조용했다. 현진은 정문 너머에서 대형을 갖춘 채 대기하고 있는 무사들을 잠시 바라보다가 명령올 내렸다.

"기관 발동을 준비하라."

"예!"

호위가 깃발을 흔들자 정문에 모여 있던 병력들이 기민하게 움직이기 시작했다.

현진은 다시 북문 쪽으로 시선을 돌렸다.

조금 전까지 맹공을 퍼붓던 적들이 숲 너머로 들어간 후부터는 별다른 움직임을 보이지 않고 있었다.

'풍천이 내려오기를 기다리고 있는 건가?'

현진의 시선이 뒤쪽 숲을 향해 올라갔다.

숲이 흔들리는 것이 보였다. 현진은 흔들리는 범위만으로 적의 병력이 어느 정도인지 짐작할 수 있었다.

'최소 일만이다.'

현진의 두 눈이 무겁게 가라앉았다.

먼저 공격을 해 온 적들로 인해 진은 이미 포화 상태에 이르렀을 터.

하면 적의 주력이라 할 수 있는 저들은 담장까지 아무런 피해조차 없이 내려오게 될 것이다. 어쩌면 진짜 전투는 지금부터라 할 수 있었다.

현진은 남쪽을 응시했다.

하지만 기다리고 있는 배염의 항군은 어디에서도 찾을 수가 없었다.

그때였다.
"크아악!"
"끄악!"
"독이다! 피해라!"
북문 너머 숲에서 비명이 터졌다.
현진은 숲 위쪽으로 흘러나오는 핏빛 연기를 보며 미간을 좁혔다.
'육손이었다면 홀로 싸우기보다는 나를 찾아왔을 텐데……'
처음에는 육손이라 여기고 그를 기다렸다.
하지만 지금껏 육손은 자신을 찾아오지 않았다.
콰콰콰쾅!
"우악!"
"크악!"
정문 쪽에서 폭발과 함께 비명이 터졌다.
담장을 타고 정문으로 향하던 적들이 가랑잎처럼 날아가는 광경이 현진의 두 눈을 파고들었다.
"쏴라!"
"모조리 퍼부어라!"
지금껏 담장 뒤에 숨어 있었던 무사들이 적들을 향해 화살을 퍼붓기 시작했다. 송영이 특수 제작한 화살은 저마다 수백 개의 날카로운 파편을 머금은 탄을 달고 있었다.

퍼퍼펑!

"끄아악!"

"크아악!"

화염에 휩싸인 채 휘청거리는 적들, 파편을 뒤집어쓰고 꼬꾸라지는 적들.

그들이 내지르는 처절한 비명으로 정문 쪽도 어느새 지옥으로 변해 가고 있었다.

'지옥문을 연 것은 너희들이니 나를 원망하지 말거라.'

* * *

"담장에서 떨어져라!"

"물러서라! 어서!"

흑검이 이끌었던 병력은 정문을 두들겨 보지도 못한 채 철혈가에서 한참을 떨어져 나왔다.

바르르……

흑월은 분노에 치를 떨었다.

전장에서 이렇게 아무것도 해 보지 못한 채 물러서기는 그의 생에서 처음 있는 일이었다. 아니, 한 번 더 있기는 했다.

과거 해동을 침략했다가 이정무의 신출귀몰한 전술에 걸려들어 수천의 병력을 잃고 바다로 물러선 적이 있었다.

"도저히 담장을 넘어갈 방법이 없는 것 같습니다! 더 무리를 했다가는 담장을 넘어가 보지도 못하고 궤멸당할 것 같습니다!"

꿈틀.

흑월의 눈썹이 날카롭게 휘어졌다.

그것을 본 측근이 실수를 했음을 깨닫고는 얼굴이 창백하게 변했다.

"아군의 사기를 떨어뜨리는 말을 함부로 지껄이다니."

"죄송합니다!"

푹!

측근이 스스로 목을 베었다.

"놈을 치워라!"

"예!"

흑월은 철혈가를 바라봤다.

그러다가 대전각의 지붕에 오연히 서 있는 현진을 발견하고는 지그시 입술을 깨물었다.

'저자가 철혈가의 군사인가?'

흑월은 현진의 손짓에 깃발을 흔드는 좌우의 무사들을 응시하며 눈빛을 떨었다.

'저자만 죽일 수 있다면……'

순간 흑월은 흑검과 같은 생각을 했다. 수하들로 하여금 담장을 넘는 시도를 하게 한 뒤에 그 틈을 이용해 자신이 넘어가서 현진을 죽이는 것.

　성공만 한다면 한 방에 전세를 끌어올 수 있으리라는 확신이 그의 눈빛을 차갑게 만들어 놓았다.

　하지만 곧 고개를 저었다.

　'이후를 생각하면 피해를 최소화해야 한다.'

　설사 철혈가를 점령한다 해도 병력을 거의 다 잃어버리면 아니한 것만도 못하게 될 수도 있었다.

　병력이 거의 없는 자신들을 대궁주 나백이 인정할 리가 없었다.

　"크악!"

　"끄아악!"

　철혈가 너머에서 아련하게 울리는 비명을 들으며 흑월은 다시 고심에 빠졌다.

　그러기를 얼마나 흘렀을까?

　두두두!

　돌연 관도에서 철혈가로 이어지는 대로 위를 달려오는 한 기의 인마가 있었다.

　"적의 전령인 것 같은데, 속하가 처치하겠습니다."

　"잠깐."

　흑월은 뛰쳐나가려던 측근을 저지하고는 인마를 주시했다. 인마는 철혈가의 정문이 아니라 자신들이 있는 곳을 향해 말머리를 돌리고 있었다.

'우리에게 볼일이 있는 자인가?'
두두두!
히히힝!
인마는 흑월의 지척에 이르러 멈췄다.
한 장한이 말에서 내리며 대뜸 물었다.
"어느 분이 수장이시오?"
흑월이 나섰다.
"정체부터 밝혀라."
"서북무림의 사신이오! 철혈가를 공격하려 함에 앞서 귀측과 동맹을 맺고자 하시는 총사의 뜻을 전하러 왔소!"
꿈틀.
흑월의 눈썹이 칼날처럼 휘어졌다.
"우리가 아무리 바다를 건너왔어도 너희 서북무림이 멸망한 것쯤은 알고 있거늘……."
"우린 바로 오늘과 같은 날을 기다리며 절치부심해 온 서북무림의 옛 무사들이오! 북부무림은 우리를 항군이라 명명했지만 우리 모두는 단 한 번도 서북인으로서의 자부심을 버린 적이 없었소!"
"방금 총사라고 했는데…… 하면 병력이 얼마나 된단 말이냐!"
"정예 삼만이오!"
"……!"

정예 삼만이라니.

귀를 번쩍 뜨이게 하는 말이었다.

흑월은 장한의 말로 미루어 짐작을 해 보았다.

'그러니까 북부무림에 투항을 했던 자들이 이때를 노려 철혈가를 치려 한다는 것인데…… 만약 철혈가가 이 사실을 모른다면 치명타가 될 수도 있다!'

전쟁에서 내부의 칼만큼 무서운 건 없는 법.

그것은 고금의 전사(戰史)를 통해 수도 없이 확인되어 왔다.

흑월은 눈빛을 고치며 측근에게 명령을 내렸다.

"즉시 태합 전하께 가서 이 사실을 전하거라."

"알겠습니다."

측근이 바람처럼 달려가자 흑월은 장한을 돌아보며 포권을 취했다.

"서북무림의 사신임을 몰라보고 무례를 저질렀소. 부디 너그러이 이해해 주시기 바라오."

"괜찮소."

장한은 철혈가의 정문 주변을 살펴보다가 곳곳에 나뒹구는 수많은 시신들을 발견하고는 미간을 좁혔다.

"무작정 정문을 넘어가려 한 것이오?"

"……."

"철혈가는 용담호혈과도 같은 곳이오. 이런 식으로 정

면 돌파를 하는 것보다는 저들을 밖으로 끌어내야만 승산이 있소."
"밖으로 끌어낼 방법이 있단 말이오?"
피식.
장한이 실소를 머금었다. 흑월은 마치 자신을 비웃는 것 같아 내심 발끈했지만 애써 감정을 다스렸다.
장한이 말을 이었다.
"굴에 꽁꽁 숨어 있는 쥐새끼를 밖으로 뛰쳐나오게 하려면 불을 지른 것만큼 좋은 건 없을 것이오."
'……!'
흑월은 망치로 머리를 한 대 얻어맞은 기분이었다.
'화공……. 그래, 왜 진즉에 그 생각을 하지 못했을까!'
흑월의 낯빛이 변하는 것을 본 장한이 웃으며 말을 이었다.
"동맹만 맺어 준다면 화공은 우리가 책임지고 맡아 주겠소. 삼만의 병력이 일거에 날리는 불화살이라면 제아무리 철혈가라도 순식간에 불바다로 화하고 말 것이오. 게다가 우리에게는 놈들이 지급해 준 신무기까지 있으니 사정거리 밖에서도 충분히 불화살을 날릴 수 있소. 후후후."
그때였다.
두두두!

또 한 기의 인마가 흙먼지를 일으키며 달려오는 것이 보였다.

장한은 미간을 좁힌 채 빠르게 달려오는 인마를 주시했다. 그러다가 마상의 인물이 등에 꽂고 있는 깃발을 보고는 두 눈을 부릅떴다.

'저놈이 왜 이곳으로……'

마상의 인물은 같은 항군 소속으로 금호를 따르지 않는 이만에 속한 천인장 중의 한 명이었다.

'눈치를 챘구나!'

장한은 흑월을 돌아보며 말했다.

"저자를 죽여 주시오. 저자가 철혈가로 들어가면 모든 것이 수포로 돌아갈 수도 있소!"

"알겠소."

흑월이 눈짓을 보내자 인자 두 명이 바람처럼 달려 나갔다.

* * *

"군사! 저기를 좀 보십시오!"

호위의 외침에 현진은 그가 가리킨 곳으로 시선을 돌렸다.

한 기의 인마가 흙먼지를 일으키며 질풍처럼 달려오고

있었다. 그리고 인마를 향해 인자 두 명이 달려 나가는 것도 보였다.

현진은 공력을 끌어올려 시력을 극대화시켰다. 그러자 마상에서 나부끼는 깃발이 선명하게 보였다.

항군을 상징하는 깃발이었다.

'배 총사가 보낸 전령인가 본데…… 어째서 전령을 먼저 보낸 거지? 설마 무슨 일이라도 생겼단 말인가?'

현진은 인마를 향해 달려가는 두 명의 인자를 응시했다. 그러다가 뒤쪽에 모여 있는 적들 틈에 서 있는 장한을 발견하고는 눈빛을 발했다.

장한도 항군의 복장을 하고 있었다.

'항군이 왜 저곳에…….'

항군의 복장을 한 자가 적과 함께 있다? 또한 다른 항군이 달려오고 있는데, 인자들이 검을 뽑아 든 채로 그를 향해 달려 나가고 있다면?

'항군에 변고가 생겼구나.'

현진의 두 눈에 초조함이 어렸다.

그는 재빨리 타개책을 모색했다.

'병력을 보내서 구하려면 정문을 열어야 한다. 하면 저기 모여 있는 적들이 그때를 노리고 안으로 치고 들어올 수가 있다. 그렇다면…….'

화르륵!

현진의 전신에서 흑연이 피어올랐다.

한 번 휩싸이면 목숨을 잃을 수밖에 없다는 악마의 연기였다.

'뭐지? 설마 저것도 독인가?'

현진을 주시하던 흑월은 돌연 검은 연기가 현진의 몸을 감싸며 떠오르자 미간을 좁혔다.

이곳까지 내려오면서 수많은 희생자를 낸 핏빛 연기가 그의 머릿속에서 자연스럽게 떠올랐다.

그때였다.

'움직였다!'

현진이 돌연 허공으로 솟구쳐 오르더니 정문을 향해 엄청난 속도로 날아가는 것이 보이자, 흑월은 반사적으로 검을 뽑아 들며 몸을 날렸다.

"따라오너라!"

흑월의 뒤를 쫓아 열 명의 인자들이 몸을 날렸다.

'설사 저것이 독연이라도 이 기회를 놓칠 순 없다!'

연후가 없는 철혈가에서 머리 역할을 하는 현진을 죽일 수만 있다면 전투의 향방을 한 방에 자신들 쪽으로 끌어올 수 있을 것이다.

그 절호의 기회를 흑월은 절대 놓치고 싶지 않았다.

한편 현진은 전령을 향해 몸을 날리면서 흑월 쪽 움직임을 놓치지 않았다.

'고수…….'

흑월의 경공만 봐도 그가 고수라는 것을 알 수 있었다. 자칫 잘못하면 포위를 당할 수도 있는 상황.

하지만 현진은 멈출 생각이 없었다.

이 전투에서 배염의 항군은 절대적인 요소로 작용할 터였다. 그런 항군에 변고가 발생했다면 그것이 무엇인지 반드시 알아야 했다.

팡!

현진의 뒤쪽 허공이 일그러지는 현상이 일어났다. 허공을 발판 삼아 속도를 올리는 것은 절대지경에 오른 고수가 아니면 불가능한 경지였다.

"엇!"

전령을 죽이기 위해 먼저 나섰던 두 명의 인자가 난데없이 뒤쪽에서부터 전해진 섬뜩한 기운에 뒤를 돌아보다가 당혹성을 터트렸다.

시커먼 연기가 자신들을 향해 밀려드는 것을 본 것이다.

"전령은 놔두고 놈을 공격하라!"

흑월이 외쳤다.

두 인자는 황급히 방향을 바꿔 현진을 향해 달려들었다.

하지만 그들이 방향을 바꿀 때 이미 연기는 그들을 휘

감고 있었다.

"……!"

마치 거대한 그물에 온몸을 파고드는 것 같은 느낌에 두 눈을 부릅뜬 두 인자가 뒤이어 처절한 단말마를 터트렸다.

"크아악!"

"으악!"

퍼퍼퍽!

갈기갈기 찢긴 육편이 땅으로 우박처럼 쏟아져 내렸다.

그때 지척에까지 다가왔던 항군의 천인장이 경악하며 말의 고삐를 당겼다.

"헉!"

"군사 현진이다. 내가 너를 데려갈 것이니 내게 몸을 맡겨라."

"……!"

현진은 마상의 천인장을 독수리처럼 낚아채서는 정문 쪽으로 방향을 틀었다.

이제 흑월과의 거리는 십 장 정도.

평소였다면 절대 따라잡히지 않을 거리였지만, 제법 몸무게가 나가는 무사를 안고 있었기에 따라잡히는 건 시간문제처럼 보였다.

챙!

 현진은 천인장의 허리춤에서 검을 뽑았다. 그러고는 자신을 향해 방향을 트는 흑월을 향해 힘껏 던졌다.

쐐애액!

 파공성을 일으키며 날아간 검은 손쉽게 흑월의 검에 의해 막혔다.

 그런데.

꽝!

"억!"

 폭발과 함께 당혹성이 터졌다.

 뒤이어 흑월이 휘청거리며 옆으로 튕겨 나갔고, 바짝 뒤를 쫓아오던 두 명의 인자가 피를 쏟으며 꼬꾸라졌다.

"으악!"

"컥!"

 검이 폭발하면서 파편에 당한 것이다.

꽝!

 그 틈을 이용해 현진은 땅을 박차며 속도를 더했다. 그러자 거리는 순식간에 이십 장 밖으로 벌어졌고, 잠시 후, 현진은 정문을 넘어 대전각의 지붕으로 올라섰다.

 흑월은 지붕 위로 내려서서 오연하게 자신을 내려다보는 현진을 올려다보며 발로 땅을 굴렀다.

쿵!

"빌어먹을⋯⋯."

그런 그를 향해 화살 몇 발이 날아들었다.

이미 정문으로 이동하면서 화살의 위력을 경험한 바가 있었던 흑월은 좌측으로 몸을 날렸다.

퍼퍼퍼펑!

그가 섰던 곳에서 폭발이 일어나며 무수한 파편이 사방으로 날아갔다.

* * *

현진은 천인장에게 즉각 물었다.

"배 총사가 보냈느냐?"

"아닙니다. 부장 금호가 총사께서 갑자기 병을 얻으셨다면서 자신이 직접 병력을 둘로 나눠 자신이 이끄는 삼만은 주군가로 향하고, 나머지 이만은 백야벌로 가라는 명령을 하달했습니다. 한데 아무리 생각해도 뭔가 이상한 것 같아서 달려오는 길입니다."

"금호가 그런 명령을 내렸단 말이냐?"

"주군가의 명이라고 했는데⋯⋯ 아닙니까?"

'아⋯⋯.'

현진은 어지럼증이 밀려들었다. 더 이상 듣지 않아도 항군에 변고가 생겼음이 확실했다.

"금호는 지금 어디에 있느냐?"

"제가 군영을 나서기 전에 먼저 삼만 병력과 함께 주군가로 떠났습니다! 금호, 그 미친 작자가 반역을 일으킨 것 같습니다!"

천인장은 얼굴이 창백하게 변하더니 다시 외쳤다.

"제가 돌아가서 백야벌로 향하는 이만 병력을 데리고 오겠습니다! 다행히 저를 비롯한 천인장들이 금호의 태도를 수상히 여겨 백야벌로 가는 척만 하고 군영 북쪽에 머물고 있습니다."

현진은 호위들을 돌아보며 지시를 내렸다.

"이자와 함께 가거라."

"알겠습니다."

"무슨 일이 있더라도 병력을 데리고 와야 한다. 알겠느냐?"

"예!"

현진은 정문 옆으로 돌아서 빠져나가는 천인장과 호위들의 뒷모습을 응시하며 눈빛을 떨었다.

'이런 생각지도 못한 변수가 발생하다니……'

현진은 항군의 총사 배염을 떠올렸다. 어쩌면 그는 이미 죽었을 가능성이 높다 볼 수 있었다.

"군사!"

무사 한 명이 지붕 위로 올라섰다.

현진은 눈빛을 고치며 무사를 돌아봤다.
"무슨 일이냐?"
"적들이 갑자기 사라졌습니다!"
현진은 말없이 북쪽과 서쪽, 동쪽을 차례로 둘러보았다. 조금 전까지 터지던 비명도, 적의 움직임도 사라지고 없었다.
현진은 흑월과 함께 서 있던 항군을 떠올리며 지그시 입술을 깨물었다.
'사라진 게 아니라 금호의 병력이 오기를 기다리고 있는 것이다.'
현진은 무사를 향해 침중한 어조로 말했다.
"가서 장로원주를 모셔 오너라."
"예!"

* * *

풍천은 측근이 건넨 술로 목을 축였다.
그 앞에 금호가 보낸 천인장이 서 있었다.
"삼만이라고 하였나?"
"예. 하나같이 과거 서북무림 시절부터 정예 중 정예로 손꼽혔던 친구들이니 믿으셔도 됩니다."
"도착 예정 시간은?"

"늦어도 오늘 두 시진 후쯤이면 도착할 수 있을 것입니다."

"두 시진이라……."

길다면 길고 짧다면 짧을 수도 있는 시간이었다. 풍천은 남은 술을 마저 비우고는 다른 것을 물었다.

"원하는 것이 무엇이냐?"

"함께 철혈가를 무너뜨릴 수만 있다면 다른 건 바라지 않습니다."

"그저 복수만 하면 된다, 이 말이군."

"그렇습니다."

생각지도 못했던 삼만의 병력을 공짜로 얻게 되었음에도 풍천의 얼굴은 잔뜩 굳어 있었다. 산 위에서 철혈가까지 내려오면서 거의 오천에 달하는 병력을 잃은 탓이었다.

그마저도 대부분은 검조차 휘둘러 보지 못한 채 죽어 버렸다.

전쟁 이후까지 생각했을 때 인자 한 명, 한 명이 소중한 그에게 오천의 병력은 가슴을 갈기갈기 찢어 놓을 만큼 치명적인 타격이었다.

풍천은 한쪽에 서 있는 흑검을 돌아봤다. 흑검은 감히 마주 보지 못하고 고개를 숙였다.

풍천이 그를 향해 싸늘히 말했다.

"소중한 병력을 미끼로 넌시다니."
"……."
"네겐 이제 한 번의 기회만이 남았다. 그 기회에서 나를 만족시킬 만한 전공을 세우지 못한다면 네 목을 베어 철혈가의 정문에 효수할 것이다. 알겠느냐?"
"……예."
흑검은 깊숙이 머리를 숙였다.
하지만 그의 눈빛은 오히려 성이 잔뜩 올라 있었다.
'흥! 살자고 이만 병력을 적에게 던져 준 걸 벌써 잊으셨나?'
"흑월."
"예."
"흑검의 병력까지 네가 이끌도록."
"알겠습니다."
흑검이 고개를 발딱 쳐들었다. 하지만 풍천의 노기 가득한 눈빛을 보고는 다시 고개를 숙여야 했다.
'빌어먹을…….'

* * *

백강(白江).
너비 삼십 장의 강폭을 자랑하는 그곳으로 중원연합군

과 해동의 병력들이 들어섰다.

한데 강 위에 수십 척의 전함이 줄지어 늘어서 있었다. 북부무림의 수군이었다.

광동성으로 떠난 총사 남곤이 돌아오지 못한 까닭에 아들 남호가 수군을 이끌고 있었다. 그 역시 광동성에 있었지만 연후가 올라올 때 함께 올라온 것이다.

"함포의 방향을 북쪽으로 돌려라!"

끼끼끼······.

모든 전함의 함포가 북쪽을 향해 머리를 내밀기 시작했다.

수군의 함포 역시 송영의 손길이 묻어 있었다. 덕분에 기존의 함포보다 사정거리는 두 배나 늘어났고, 파괴력도 두 배는 더 강력해진 상태였다.

휘이잉!

남호는 바람에 몸을 맡긴 채 속속 몰려드는 연합군과 해동의 병력을 바라봤다.

측근이 말했다.

"주군께서 보이지 않으십니다."

"곧 오시겠지."

남호의 표정은 결연함을 넘어 비장했다. 해적 생활을 하다가 연후의 휘하에 든 이후로 가장 큰 전투를 앞두고 있었다.

크게 보면 무림의 존망이 걸린 건곤일척(乾坤一擲)의 대전쟁(大戰爭)이라 할 수 있으니 비장함은 더할 수밖에 없었다.

그뿐만이 아니라 수군의 모두가 그러했다.

그렇다고 두려움에 몸을 떠는 것은 아니었다. 이제 그들에게 연후는 하늘과도 같은 존재였고, 북부무림은 후세까지 살아갈 터전이었다.

연후를 위해서, 터전을 위해서 너 나 할 것 없이 한목숨 바칠 각오로 임하고 있었다.

"어? 주군께서 오십니다!"

남호는 측근이 가리킨 곳으로 시선을 돌렸다. 연후가 백강으로 들어서고 있었다.

씨익.

남호의 비장했던 얼굴에 비로소 흐릿한 미소가 떠올랐다.

'오셨다!'

* * *

연후는 백강으로 들어서기가 무섭게 수뇌들을 한곳으로 불러 모았다.

그를 걱정했던 모두가 무사함에 안도했다.

연후는 회의를 시작하기 전에 전가의 가주 적인회에게 먼저 한마디 했다.

"잘 참아 주셨소."

적인회는 말없이 고개만 숙였다.

사실 연후를 비롯한 많은 이들이 적인회가 참지 못하고 공격에 나서면 어쩌나 걱정하고 있었다.

하지만 적인회는 모두의 우려와는 달리 북궁천의 지시에 따랐고, 걱정했던 일은 벌어지지 않았다.

연후는 모두를 향해 말했다.

"전략 수정이 불가피하게 되었소. 하니 지금부터 내가 하는 말을 새겨듣도록 하시오."

연후가 회의를 시작할 때, 동방리는 서령과 함께 강으로 향했다.

남호가 그녀를 향해 머리를 조아렸다.

"가주를 뵙습니다!"

"전함에 비치해 둔 약과 약초를 전부 내려 주세요."

"알겠습니다!"

남호가 지시를 내리자 무사들이 약과 약초를 작은 배에 실어 강변으로 나르기 시작했다.

"두 분은 가셔서 부상이 심한 분들을 이곳으로 모셔 오세요."

"예!"

부사들이 병력이 집결한 곳으로 뛰어가자 동방리는 그 자리에 주저앉아 약초를 빻기 시작했다.

 서령이 그 모습을 빤히 응시하다가 소매를 걷어 올리고는 동방리의 옆에 앉았다.

 "어떡하면 되죠?"

 "진액이 중요하니 백사장으로 흐르지 않도록 조심해주세요."

 "그러죠."

 휘리릭!

 남호가 뛰어내렸다.

 "저도 돕겠습니다."

 "공자께서는 수군을 지휘하셔야 하니 자리를 지키세요."

 "……예."

 남호는 다시 전함으로 돌아갔다.

 서령은 동방리의 옆얼굴을 응시하며 옅은 미소를 머금었다.

 '내면까지 점점 더 강해지고 있어.'

3장
백강 전투

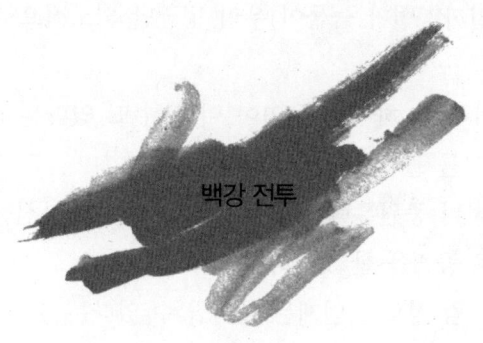

백강 전투

두두두!

서역무림의 기병이 일으킨 흙먼지가 하늘을 덮었다.

뒤를 따르는 나백의 전신도 흙먼지로 인해 누렇게 변해 갔다.

'뭔가 잘못되어 가고 있다.'

나백은 불안했다.

분명 자신이 전장의 흐름을 주도하고 있건만 피해가 늘어나는 것은 오히려 아군이었다.

그를 더 불안하게 만든 것은 북해빙궁의 피해가 서역무림보다 훨씬 더 크다는 점이었다.

이렇게 되면 설사 전쟁을 이긴다 해도 이후에 심각한 문제가 발생할 수도 있었다.

'우연일까? 설마 놈들이 우리 빙궁만 의도적으로 공격한 것은…….'

우연이리라. 하지만 우연이 아닐 수도 있다는 생각이 자꾸만 그를 불안하게 만들었다.

만에 하나 중원무림이 어떤 목적을 가지고 자신들만 집중적으로 공격을 한 것이라면?

'서역무림 정도는 언제든 물리칠 수 있다는 것인가? 아니면 동맹의 고리를 약하게 만들 목적인가?'

나백의 머릿속이 점점 더 혼란스러워져 갔다.

두두두!

그는 크게 심호흡을 하고는 거칠 것 없이 달려가는 서역무림의 기병을 응시했다.

그때였다.

뿌우웅!

나팔 소리가 크게 울리더니 서역무림이 속도를 늦추기 시작했다.

나백은 속도를 높여 야율목이 있는 선두로 달려 나갔다.

"저길 보시오."

야율목이 턱 끝으로 전방을 가리켰다.

나백은 강변을 따라 넓게 포진한 중원의 병력을 응시하며 눈빛을 가라앉혔다.

'전함까지 준비해 두고 있었다니…….'

"당신만 믿고 움직였는데 오히려 우리가 적의 계략에 말려든 것 같소. 저 빌어먹을 전함이 함포를 쏴 대면 우리 서역의 기병만 죽어 나가지 않겠소!"

야율목의 목소리에서 분노가 느껴졌다.

그러나 나백은 아랑곳하지 않았다.

"희생 없이 승리를 쟁취할 순 없소! 하니 그냥 밀어붙여야 하오!"

"흥! 당신네 기병이 아니라고 너무 쉽게 말하는 것 같소? 여기서 기병의 절반만 잃어도 승전은 고사하고, 최악의 경우 고향으로 돌아갈 힘조차 잃게 된다는 것을 아셔야지!"

'패배부터 생각하다니…….'

나백은 속에서 천불이 났다.

하지만 야율목을 자극할 순 없었다. 여기서 틀어지면 만사가 수포로 돌아가게 될 터였다.

"적이 먼저 공격을 해 올 일은 없을 테니 잠시 방법을 찾아봅시다."

"서두르시오. 이런 식으로 시간을 허비하다가는 중원 천하의 모든 병력이 이곳으로 몰려드는 꼴을 보게 될 것이오!"

야율목은 싸늘히 쏘아붙이고는 측근들이 있는 곳으로 말머리를 돌렸다.

백강 전투 〈123〉

나백은 그런 야율목의 뒷모습을 복잡한 눈으로 응시하다가 다시 강변으로 시선을 돌렸다.

배수의 진을 친 중원의 병력은 대략 오만 정도. 여전히 수적으로는 자신들이 압도하는 상황이었다.

하지만 눈에 보이는 것이 전부는 아니었다.

'후군을 공격한 북부무림의 북부군단이 아직 보이지 않고 있다. 하면 강 너머 어딘가에 숨어 있다는 것인데…….'

지끈!

나백은 갑자기 두통이 올라오자 눈을 질끈 감으며 손으로 관자놀이를 꾹꾹 눌렀다.

측근이 다가오며 심각한 어조로 말했다.

"적 전함의 함포가 최소 백 문은 넘을 것 같습니다. 야율 교주의 말처럼 기병이 강변에 이르기도 전에 엄청난 피해를 입게 될 것입니다."

"생각 중이니 잠자코 있거라!"

"……예."

나백은 정신마저 혼미하게 만드는 극심한 두통을 참아가며 장고에 들어갔다.

* * *

연후는 백강이 한눈에 내려다보이는 능선에서 진격을

멈춘 적의 대군을 바라보며 의자에 깊숙이 몸을 묻었다.

그런 그의 곁에 신휘는 없었다. 그는 윤회가 이끄는 북부군단과 함께 다른 곳으로 이동을 한 상태였다.

이정무가 다가왔다.

"함포가 두려워 진격을 멈춘 것 같은데…… 나백의 머리가 아주 복잡하겠군. 후후후."

"놈들에게는 시간이 없소. 지금쯤이면 자신들의 위장 공격이 들통났음을 깨달았을 터. 아직 수적 우위에 있을 때, 우리의 아군이 이곳으로 몰려들기 전에 어떻게든 결판을 내려 할 것이오."

"무리를 해서라도 강행 돌파를 해 오면 다시 한바탕 지옥이 펼쳐지겠군. 한데 그거 아시오?"

연후는 이정무를 응시했다.

이정무가 묘한 웃음을 머금은 채로 말을 이었다.

"우린 지금 당장이라도 철혈가로 달려가고 싶은 걸 애써 참고 있소. 우리가 원하는 상대는 동영인데, 여기서 엉뚱한 놈들과 싸울 판이지 않소?"

"무슨 말이 하고 싶은 거요?"

"제대로 싸워서 이기라는 말이오. 타국까지 와서 패하고 싶은 마음은 추호도 없으니까. 우리 해동의 자존심이 걸린 일이라서 말이오."

"알겠소."

"하나만 더 물어봅시다."

이정무가 전함을 가리키며 말을 이었다.

"저 함포…… 누가 만든 것이오? 내가 알기로 중원의 전함이 보유한 함포는 저렇게 크지 않은데 말이오."

연후는 턱을 들어 저만치 앞에 앉아 있는 송영을 가리켰다.

"무기를 만드는 데 특출한 재주가 있는 녀석이오. 혈왕군의 검과 방패를 비롯해, 다른 무사들이 사용하는 활과 화살 모두가 저 녀석의 작품이오."

"귀하는 인복이 많은 것 같소."

"대장군도 마찬가지인 것 같소만."

"뭐, 내가 좀 그렇긴 하지만……. 어쨌든 이 전쟁, 반드시 이겨 봅시다. 그럼."

이정무가 그 말을 끝으로 해동의 무사들이 있는 곳으로 돌아갔다.

연후는 이정무의 뒷모습을 무심한 눈으로 바라봤다.

'이 전쟁이 끝나면 당신의 진정한 정체부터 밝혀야 할 거요.'

사르륵.

옷자락이 끌리는 소리에 이어 동방리가 다가왔다. 그녀는 손에 들고 있던 그릇을 내밀었다. 그릇에는 뭔지 모를 고기가 담겨 있었다.

"며칠 동안 아무것도 드시지 않았는데…… 이거라도 좀 드세요."

"고맙소."

"적이 왜 머뭇거리는 걸까요? 시간을 끌면 우리의 병력이 늘어난다는 것을 모를 리 없을 텐데 말이죠."

"함포 때문에 섣불리 기병을 움직일 수 없다고 판단하고 다른 방법을 찾고 있을 거요. 어쩌면 나보다 나백의 머리가 더 복잡할 수도 있소. 시간이 자신들의 편이 아니라는 것을 깨닫고 있을 테니까."

"백야벌에서 병력이 도착하려면 이틀은 더 있어야겠죠?"

"그렇소. 나백도 그 정도는 알고 있을 테니 그 전에 어떤 식으로든 움직이려 들 거요."

"당신이 나백이라면 어떻게 하실 건가요?"

"생각 중이오."

연후가 되물었다.

"당신이라면 어떻게 하겠소?"

"저라면…… 모든 것을 포기하고 물러갈 것 같아요. 당장의 전력은 저들이 앞서지만 백야벌에 가 있던 병력이 오기 전에 이곳을 무너뜨리지 못하면 다음은 기약조차 할 수 없을 테니까요."

"가장 현실적인 판단이오. 다만 나백이 그런 생각을 하지 않기를 바랄 뿐이오. 여기까지 와서 그렇게 끝낼 순 없지 않겠소."

"……."

연후의 그 말에 동방리의 얼굴이 살며시 굳어졌다.

그 말로 그녀는 알 수 있었다. 연후가 끝장을 보려 한다는 것을.

더불어 연후의 고뇌가 얼마나 깊은지도 새삼 깨달았다.

적이 코앞에 있음에도 가장 강력한 전력이라 할 수 있는 혈왕군과 북부군단을 철혈가로 가는 길목에 미리 보내 둔 것은, 그만큼 철혈가를 지키고 싶어 하는 그의 마음을 알 수 있는 대목이었다.

꼬옥.

동방리는 연후의 손을 부드럽게 감싸며 애써 웃어 보였다.

"이 전쟁이 끝나면 우리…… 해동으로 유람이나 다녀와요. 전부터 꼭 가 보고 싶었던 곳이거든요."

이런 상황에서 한가롭게 유람을 언급하는 동방리의 속내를 연후가 어찌 모를까.

해서 연후도 애써 웃었다.

"대장군한테 미리 말해 두도록 하겠소."

"그럼 전 부상자들을 치료하러 가 볼게요. 이거 다 드셔야 해요?"

"알겠소."

동방리가 부상자들이 모여 있는 곳으로 돌아가자 연후는 다시 젓가락을 쥐었다.

입맛이 없었지만 동방리를 생각해서 그릇을 다 비운 그는 강변을 따라 걸었다. 철우가 곁을 함께했다.

"본가로 병력을 더 보내지 않아도 괜찮겠습니까? 매복에 나가 있는 북부군단과 혈왕군 중에 한 곳만이라도 보내는 게 어떻겠습니까?"

"적이 어떻게 나올지 모르는 상황에서 병력을 빼면 대처가 어려워진다. 다시 말하지만 현진을 믿어라. 또한 배 총사가 이끄는 항군이 멀지 않은 곳에 있으니 충분히 막아 낼 것이다."

"전장이 수시로 바뀌는 바람에 전서구가 무용지물이 되어 버렸습니다. 만에 하나 위기에 처했을 때 전령을 보낼 수밖에 없을 텐데……."

철우는 독수리의 부재가 아쉽다는 말을 하려다가 참았다. 아픈 상처로 남아 있는 육손을 굳이 떠올리게 하고 싶지 않아서였다.

연후는 걸음을 멈추고 적진을 바라봤다.

여전히 적은 움직일 기미조차 보이지 않고 있었다. 연후는 바람에 나부끼는 북해빙궁의 거대한 깃발을 응시하며 눈빛을 가라앉혔다.

그때였다.

"여기 계셨소?"

적인회가 다가왔다.

연후는 표정을 고치고 그를 바라봤다.

"식사는 하셨소?"

"대충 먹었소."

연후의 곁으로 다가온 적인회가 잠시 침묵을 지키더니 입을 열었다.

"동영이 철혈가로 갔다고 들었소. 해서 하는 말인데…… 대지존이 허락한다면 우리 전가는 철혈가로 가겠소."

연후는 즉답을 하지 않자 적인회가 보다 결연한 어조로 말을 이었다.

"마땅히 대지존의 명에 따라야 하나, 놈들을 생각하면 숨조차 제대로 쉴 수가 없을 지경이오. 하니 부디 허락해 주시오. 나 적인회, 이렇게 부탁드리겠소."

처음이었다. 그 안하무인처럼 살아가던 적인회가 이렇게 간곡한 모습을 보이는 것은.

'내가 구하고자 하는 세상엔 전가도 포함된다. 이자와 전가의 간절함은 나보다 더할 테지.'

연후는 결국 허락하기로 마음을 먹었다.

"알겠소. 대신 본 가에 도착하거든 독단적으로 움직이

지 말고 본 가의 군사와 잘 협조토록 하시오."

"고맙소, 대지존!"

머리를 조아린 적인회가 모래바람을 일으키며 달려갔다. 연후는 적인회의 뒷모습을 응시하며 쓸쓸히 웃었다.

'어쩌면 이게 정답일지도……'

* * *

나백은 고심에 고심을 거듭했다.

하지만 마땅한 계책이 좀처럼 떠오르지가 않았다. 그는 서서히 서산을 향해 넘어가는 태양을 바라보며 눈빛을 떨었다.

'백야벌에서 이곳까지는 늦어도 이틀이면 도달한다. 하면 오늘 중으로는 어떤 식으로는 답을 찾아야 한다.'

나백은 강 위에 늘어서 있는 북부무림의 전함들을 응시하며 미간에 주름을 잡았다.

'전함은 생각도 못했건만……'

전함의 함포가 흐름을 바꿔 버렸다.

기병이 주력인 야율목의 입장도 충분히 이해가 갔다. 자신이라도 엄청난 피해가 예상되는 상황에서 섣불리 움직이려 들진 않았을 것이다.

'이럴 때 율회가 있었더라면……'

군사 율회의 부재가 통한으로 다가왔다.

휘이잉!

바람이 흙먼지를 몰고 와 나백의 전신을 쓸고 지나갔다. 바람을 이기지 못한 숲이 이리저리 출렁거리며 음산한 소리를 자아냈다.

싸아아…….

그때였다.

흔들리는 숲 너머에서 한 줄기 빛이 일어나더니 나백을 향해 섬전처럼 날아들었다.

"……!"

나백의 몸이 팽이처럼 회전하며 뒤로 쭉 미끄러졌다. 동시에 그가 섰던 곳에서 흙먼지가 솟구쳤다.

퍽!

"암습이다!"

"움직여라!"

나백에게서 조금 떨어져 있던 호위들이 황급히 달려왔다.

나백은 섬전이 날아든 곳을 노려보며 검을 늘어뜨렸다. 그러다가 뭔가 이상함을 느끼고는 달려오는 호위들을 돌아보며 소리쳤다.

"그쪽이다! 숲에서 떨어져라!"

외침의 여운이 채 끝나기도 전에 호위 두 명의 목이 허공으로 솟구쳤다.

"크악!"

"으악!"

나백은 땅을 박차고 뛰어올랐다.

그런 그의 두 눈에 다른 호위들을 향해 달려드는 한 사람이 보였다.

서문회였다.

파르르······.

'잠시 저놈을 잊고 있었구나!'

"크악!"

"으아악!"

또다시 두 명의 호위가 피를 뿌리며 쓰러졌다. 비명이 터지자 군영에서 수많은 무사들이 뛰쳐나왔지만 거리가 백 장이 넘었다.

순식간에 네 명의 목을 베어 버린 서문회가 나백을 향해 돌아섰다.

"전전긍긍하는 꼬락서니가 참으로 가관이구나, 나백."

"전전긍긍이라니. 네놈이 보아하니 복수심에 눈까지 멀어 버린 모양이구나."

서문회는 검 끝을 나백의 미간을 향해 겨누며 싸늘히 말을 이었다.

"전쟁을 이기려면 처음부터 전력을 한곳으로 몰았어야

했다. 하지만 네놈은 이연후의 의도를 역으로 뒤집기 위해 쓸데없이 잔머리를 굴렸다. 그 결과, 시간은 저들의 편이 되어 버렸지."

"그렇게 잘난 놈이 어째서 터전을 지키지 못했을까? 본 좌가 너였더라면 부끄러워서라도 진즉에 혀를 물었을 것이다."

가슴을 헤집는 말에 서문회의 동공이 핏빛으로 물들어 갔다.

치르륵.

나백의 검이 강기를 머금었다.

충분히 피할 수도 있었지만 그는 그러지 않았다. 언제까지 서문회라는 꼬리를 달고 다닐 순 없었다.

그렇다고 위험을 감수할 생각은 추호도 없었다.

아주 우연하게도 멀지 않은 곳에 야율목이 있었고, 서문회가 나타나는 순간 그가 유령처럼 모습을 감추며 나백에게 전음을 날렸다.

[시간을 끄시오. 내가 돕겠소.]

씨익.

'드디어 네놈의 목을 따게 생겼구나, 서문회.'

         * * *

번쩍!

꽈과광!

 적진을 바라보던 연후는 능선 좌측의 숲 언저리에서 일어나는 섬광을 응시하며 눈빛을 가라앉혔다.

 '누군가 싸우고 있다. 그것도 엄청난 고수들이⋯⋯.'

 거리가 멀어서 또렷하게 다 볼 수는 없었지만, 섬광 너머에서 움직이는 사람들의 형체 정도는 알아볼 수가 있었다.

 연후는 싸움이 벌어지고 있는 곳을 향해 우르르 달려가는 적들의 모습에 호기심이 치밀었다.

 '적진과 저렇게 가까운 곳에서 큰 싸움이라⋯⋯.'

 쾅!

 연후는 그대로 강변 좌측의 숲으로 뛰어들었다.

 숲으로 뛰어들자 수풀 너머에서 움직이는 적들이 보였다. 백강 가까운 곳까지 정찰을 나온 적들임이 틀림없으리라.

 연후는 처음부터 광마의 힘을 사용했다. 싸움이 일어나는 곳과 최대한 가까이 접근하려면 들키지 않는 곳이 중요했다.

 그의 몸에서 소리 없이 발출된 강기가 수풀을 자르며 날아가 세 명의 적을 꿰뚫었다.

 퍼퍼퍽!

 셋 다 목을 관통당한 까닭에 비명조차 지르지 못하고

꼬꾸라졌다.

퍽!

꽈과광!

콰지직!

싸우는 소리가 점점 가까워졌다.

그리고 잠시 후 연후는 싸우는 자들의 정체를 확인하고는 크게 놀랐다.

'서문회!'

틀림없는 서문회였다.

그리고 다른 두 명은 나백과 야율목이었다.

꽈광!

힘과 힘이 충돌하며 생겨난 여파가 연후가 있는 곳까지 미쳤다.

연후는 그 여파를 피해 나무 뒤로 몸을 숨겼다. 호신강기를 일으키면 충분히 막아 낼 수 있는 충격이었지만, 자칫 발각될 수도 있기 때문이었다.

서문회는 연신 밀리고 있었다.

하지만 그 와중에도 날카로운 반격을 가하며 나백과 야율목을 물러서게 만들었다.

연후는 세 사람의 뒤쪽을 응시했다.

그곳에 북해빙궁과 서역무림의 고수들이 언제든 달려들 태세를 갖춘 채 늘어서 있었다.

'홀로 북해빙궁을 상대로 복수를 하고 있었던 건가?'

신휘에게 들었다. 서문추를 이용해 서문회로 하여금 북해빙궁에 원한을 갖게 했다는 것을.

예상이 맞으면 신휘의 계략은 제대로 통했다고 볼 수 있었다.

팟!

서문회의 어깨에서 피가 튀었다. 동시에 야율목의 가슴에도 가느다란 혈선이 생겨났다.

야율목의 입에서 노호성이 터졌다.

"갈기갈기 찢어발겨 주마!"

콰아아!

야율목이 발산한 기운이 서문회의 주변에서 흙먼지를 일으켰다. 서문회는 보법을 이용해 뒤로 빠지면서 이번에는 나백을 향해 강기를 날렸다.

쾅!

나백의 주변에서 폭음과 함께 불꽃이 일었다.

파파팟!

나백은 일 장가량이나 뒤로 밀려났다. 하지만 이내 균형을 되찾고는 검을 허리 아래로 늘어뜨렸다.

나백의 입에서 진심에서 우러나는 감탄성이 흘러나왔다.

"놀랍구나. 네놈이 이렇게까지 강할 줄 알았다면 진즉

에 죽여 없앴을 것을……."

 연후는 나백의 전신에서 파르스름하게 일어나는 청광(淸光)을 볼 수 있었다. 청광은 곧 나백의 전신을 휘어 감으며 짙게 바뀌어 갔다.

 '지금까지는 전력을 다하지 않은 모양이군.'

 연후는 제아무리 서문회라도 더는 버티지 못할 거라 예상했다. 아니, 어쩌면 두 천하고수를 상대로 지금까지 버틴 것만도 기적이라 할 수 있었다.

 '서문회의 복수심은 내게 큰 도움이 되어 줄 터. 하면…….'

 연후는 소리 없이 광마의 힘을 끌어올렸다.

 그러자 그의 전신에서 희뿌연 백광(白光)이 일어나 검의 형태로 바뀌었다.

 뒤이어 연후는 은밀하게 야율목을 향해 접근했다. 서문회의 반격에 상처를 입은 야율목은 매우 흥분해 있었다.

 연후는 최대한 가까운 곳까지 접근을 시도했다. 서문회를 구하는 것에 그치지 않고 야율목을 죽일 수 있다면 그것보다 더 좋을 순 없으리라.

 그때였다.

 야율목이 서문회를 향해 달려들었다.

 막 서문회를 향해 일격을 가하려던 나백은, 난데없이 야율목이 시야를 방해하며 뛰어드는 바람에 끌어올렸던 힘을 도로 거두어야 했다.

그사이 연후는 침착하게 목표를 나백으로 바꾸었다.

팡!

허공이 일그러지는 현상과 함께 광마의 힘이 만들어 낸 검이 나백을 향해 날아갔다.

콰콰쾅!

야율목과 서문회가 충돌하면서 흙먼지가 마구 치솟는 바람에 나백은 연후가 날린 공격이 지척에 이를 때까지 감지조차 못했다.

하지만 괜히 북해의 지배자가 아니었다.

"……!"

나백이 두 눈을 부릅뜨며 몸을 팽이처럼 회전시켰다. 동시에 수중의 검으로 검막을 일으켜 연후의 일격을 막아 냈다.

쾅!

"욱!"

폭음 너머에서 한 줄기 신음이 터졌다. 당연히 나백의 입술을 뚫고 흘러나온 신음이었다.

연후는 재차 한 방을 더 날렸다.

번쩍!

중심을 잃은 나백이 그것까지는 막지 못할 것처럼 보였다.

하지만 연후의 바람은 곧 깨지고 말았다.

쾅!

나백이 보법을 이용해 측면으로 쭉 빠지면서 연후가 날린 공격은 뒤쪽의 나무를 강타했다.

우지끈!

"뒤쪽에 살수다!"

"숲 너머다!"

뒤에 늘어서 있던 북해빙궁과 서역무림의 고수들이 일제히 연후가 있는 곳을 향해 날아왔다.

'아쉽군.'

절호의 기회를 놓친 연후는 아쉬움을 뒤로하고 서문회를 응시했다.

마침 서문회가 야율목을 향해 맹공을 퍼붓고는 숲 너머로 몸을 날리는 것이 보였다.

야율목이 그를 쫓아 몸을 날릴 때, 나백의 외침이 터졌다.

"쫓지 마시오! 숲에 위험한 놈이 있소!"

허공으로 솟구쳐 올랐던 야율목이 믿기지 않는 움직임으로 방향을 틀더니 제자리로 떨어져 내렸다.

더는 이곳에 있을 이유가 사라진 연후는 서문회가 사라진 곳으로 몸을 날렸다.

양측의 고수들이 무서운 속도로 달려왔지만 한발 앞서 움직인 연후를 따라잡는다는 것은 불가능했다.

파파팟!

연후는 수풀과 나뭇가지를 온몸으로 밀어내며 서문회를 쫓았다. 그러다가 곳곳에 나 있는 혈흔을 보고는 방향을 틀었다.

잠시 후 저만치 앞을 달려가는 서문회가 보였다.

연후는 서문회를 향해 나지막이 외쳤다.

"우린 다음에 보는 걸로 하지."

멈칫!

서문회가 허공에서 속도를 늦추더니 고개를 홱 돌렸다. 둘의 시선이 허공을 격하고 얽혀들었다.

파르르…….

서문회의 두 눈이 가늘게 흔들렸다.

연후는 그런 서문회를 무심한 눈으로 응시하며 한마디 더 날렸다.

"오늘은 여기까지."

연후는 그대로 방향을 백강 쪽으로 틀었다. 그런 그의 귓속으로 서문회의 한이 서린 목소리가 흘러들었다.

"머지않아 네놈을 찾아가마, 이연후."

"기꺼이 기다리고 있겠다."

* * *

"주군!"

연후가 강변에 나타나자 철우를 비롯한 모두가 달려왔다.

"대체 어디를 다녀오신 거예요!"

동방리의 얼굴은 한껏 상기되어 있었다. 그녀는 연후가 홀로 사라질 때마다 이렇게 가슴을 졸이곤 했었다.

연후는 자초지종을 설명했고, 모두는 크게 놀랐다. 대군이 집결해 있는 적진에 다녀왔다니, 그 놀람은 이루 말할 수가 없을 정도였다.

"서문회가 대원수의 계략에 제대로 말려들었군요. 그나저나 빙궁의 대궁주와 서장무림의 지존을 상대로 홀로 싸우다니…… 듣고도 도무지 믿기지가 않습니다."

"아수라마공을 대성했다고 볼 수밖에. 그리고 나백과 야율목도 최선을 다하지 않았다."

"그렇습니까? 그렇다면 정말 이해가 가지 않습니다. 서문회를 죽일 생각이었다면 최선을 다해야지 않았겠습니까?"

"서로에게 모든 것을 다 드러내기가 싫었겠지. 어쨌든 그 덕분에 서문회는 살아서 빠져나갔고, 나백으로서는 없앨 수도 있었던 화근을 다시 키워 놓은 셈이니 지금쯤 땅을 치며 후회하고 있을 거다."

"아……."

"그만 막사로 가지."

연후는 곧장 막사로 향했다.
이미 사위는 어둠이 내려앉고 있었다.

* * *

현진은 대전각의 지붕에서 어둠이 내려앉기 시작한 세상을 내려다보며 생각에 잠겼다.
'적은 반역을 일으킨 항군이 오기를 기다리며 전열을 정비하고 있다. 삼만의 항군이 합세하면 기관만으로는 절대 적을 감당할 순 없을 터.'
현진은 최악의 상황을 가정하고 계책을 마련해야 했다.
'반역에 가담하지 않은 이만의 항군이 금호의 병력보다 먼저 도착하느냐, 못하느냐에 따라 승패가 갈리게 될 것이다. 그렇다면 금호의 병력을 최대한 묶어 둬야 하는데…….'
답은 나왔다.
하지만 병력이 모자랐다. 지금 철혈가에 상주하고 있는 병력은 오로지 방어에 최적화되어 있다.
그들을 빼서 금호의 병력을 요격한다면, 그 틈을 타서 동영이 공격해 왔을 때 심각한 문제가 발생할 수도 있었다.

'전서를 보냈음에도 답신조차 없다면 전장이 바뀌었다는 것인데…….'

항군이 반역을 했다는 사실을 접하고 즉각 연후에게 전서구를 날렸다. 하지만 아직까지 답신조차 없는 것을 보면 전장이 홍산에서 다른 곳으로 바뀌었음을 의미했다.

"후우……."

현진은 답답함에 짙은 한숨을 토했다.

그때였다.

"군사!"

무사 한 명이 지붕 위로 올라섰다.

"철인족과 악마전이 왔습니다!"

"……!"

한없이 무겁게 가라앉았던 현진의 두 눈이 광채를 발했다.

잠시 후 설무진과 백운이 지붕 위로 올라섰다.

"군사를 뵙습니다!"

두 사람은 현진을 향해 머리를 숙였다.

현진은 즉각 물었다.

"전장은 어떻게 되어 가고 있소?"

"주군의 작전대로 전장을 물려 가면서 적의 전력을 조금씩 갉아 놓고 있습니다. 한데 동영이 왔다고 들었는데 왜 이렇게 조용한 겁니까?"

백운의 물음에 현진은 무거운 표정으로 대답했다.

"항군 삼만이 반역을 했소. 그들의 사자가 적의 수장을 만났는데, 아무래도 서로 손을 잡기로 한 것 같소. 동영이 공격을 멈춘 것은 그들이 도착하기를 기다리고 있는 것 같소."

백운의 눈에서 불꽃이 확 일었다.

"하면 배염이 반역을 했단 말입니까?!"

"배 총사가 아니라 총사의 부장 금호라는 자가 주동자인 것 같소. 어쩌면 배 총사는…… 이미 놈들의 손에 당했을 가능성이 높소."

"이런 빡빡이 새끼가!"

백운은 금호를 알고 있었다.

배염이 철혈가를 찾았을 때, 금호가 함께 온 적이 있었다.

그때부터 백운은 금호를 마음에 들어 하지 않았었다. 전반적인 분위기가 거슬렸던 것이다. 해서 연후에게 말을 했지만 배염이 워낙에 신임하고 있어서 그냥 넘어갔었다.

설무진이 물었다.

"피해가 컸습니까?"

"진과 기관 덕분에 무사들은 모두 무사하오. 다만 세 방향에 깔아 놓은 진이 모두 기능을 상실했소."

"……."

 진의 기능 상실은 수천 명의 무사를 잃은 것만큼이나 큰 손실이었다. 현진의 진이 가진 가공할 위력을 잘 알고 있었기에 두 사람에게는 더 크게 다가왔다.

 이제 적이 공격을 해 오면 그야말로 담장을 사이에 두고 혈전을 치러야 할 터였다.

 "주군께 전서는 보냈습니까?"

 "전장이 바뀌는 바람에 전서구가 무용지물이 되어 버린 것 같소."

 "하면 지금이라도 주군께 전령을 보내야지 않겠습니까?"

 "안 그래도 보내 두었는데…… 생각지도 못한 항군의 반역 탓에 과연 지원 병력이 올 때까지 버틸 수 있을지가 걱정이오."

 "걱정 마십시오. 진은 사라졌지만 기관이 남아 있고, 저희까지 왔으니 충분히 막아 낼 수 있습니다!"

 현진은 백운과 설무진을 차례로 응시했다. 그러고는 무겁게 입을 열었다.

 "두 분께 드려야 할 부탁이 있소."

 "말씀만 하십시오!"

 현진은 차마 하기 싫은 말을 꺼냈다. 그의 말이 끝나자 백운도, 설무진도 분위기가 무겁게 가라앉았다.

백운이 비장한 이조로 말했다.
"알겠습니다. 하면 저희가 달려가서 놈들의 진군을 최대한 늦춰 보도록 하겠습니다."
"살아서 돌아오지 못할 수도 있소."
"제가 죽는 걸 두려워할 놈처럼 보이십니까? 걱정 마십시오. 군사께서 바라시는 대로 놈들의 진군을 최대한 늦춘 뒤 제 두 발로 걸어서 돌아오겠습니다."
"저희 역시 최선을 다해 돕겠습니다."
"고맙소. 그리고…… 미안하오."
"아닙니다. 지금껏 큰 은혜를 입고도 제대로 보은을 하지 못한 것 같아 마음이 무거웠습니다. 그리고 살아서 돌아올 것이니 너무 염려하지 마십시오."
"하면 바로 떠나도록 하겠습니다."
잠시 후, 백운과 설무진이 악마전과 철인족을 이끌고 어둠 속으로 사라졌다.
현진은 떠나는 그들의 뒷모습을 지켜보며 눈빛을 떨었다.
'내가 저들을 사지로 보내고야 말았구나.'

* * *

어둠이 내려앉고 별이 떠올랐다.

연후는 적진을 바라보며 서문회를 구해 줄 때의 상황을 떠올렸다.

'나백과 야율목은 서로를 완전히 믿지 못하고 있었다. 어쩌면 그것이 승전으로 가는 열쇠가 될 수도…….'

마지막 순간에 나백의 전신에서 뿜어지던 청광. 그때 연후는 제법 떨어진 곳에 있었음에도 엄청난 기의 흐름을 확연히 느낄 수 있었다.

또한 일종의 동질감 같은 것도 느꼈다.

뭐랄까, 마치 자신이 광마의 힘을 발현할 때와 비슷한 느낌이라고나 할까?

만약 그때 자신이 제때 나서지 않았더라면 제아무리 아수라마공을 익힌 서문회라도 목숨을 부지할 순 없었을 것이었다.

'역시 강적이라는 건가?'

지금껏 자신이 원하는 대로 전황을 이끌었다. 또한 결과도 만들어 냈다. 해서 숫자는 많아도 그렇게 어려운 상대는 아니라고 여겼다.

하지만 나백의 무력을 보니 그러한 생각에 변화가 생겼다.

신경 쓰이는 건 그것 말고도 더 있었다.

바로 그 주변에 늘어서 있던 자들 중 기괴한 느낌을 풍기던 자들이었다.

자신이 개입을 하고 현장을 빠져나가려고 힐 때, 가장 먼저 움직였던 그들의 움직임은 상상을 초월하는 것이었다.

'역시 북해빙궁에 대한 정보가 너무 부족하다. 전체적인 전략, 전술은 두려울 정도가 아니라지만 초절정 고수들의 수가 얼마나 되는지 전혀 모르고 있으니……'

보다 공격적으로 나서지 못하는 중요한 이유가 바로 이 때문이었다.

전쟁을 이기는 것만이 능사가 아니라 이후까지 생각을 하자면 피해를 최소화해야 했다.

만에 하나 백야벌과 북부무림의 피해가 극심하면 전쟁이 끝난 이후 천하는 크나큰 혼란 속으로 빠져들지도 몰랐다.

연후는 그것을 가장 경계하고 있었다.

"주군, 본가에서 전령을 보냈습니다."

연후는 바로 뒤돌아섰다.

한 무사가 다가와 머리를 조아렸다.

"주군을 뵙습니다!"

"현진이 보냈나?"

"예. 항군 삼만이 반역을 하고 동영과 손을 잡았습니다! 배 총사의 부장 금호가 주동자임이 밝혀졌습니다!"

"……!"

연후는 순간 머리를 망치로 한 대 얻어맞은 기분이었다. 항군의 반역은 상상조차 하지 못했던 것이다.

연후는 충격을 애써 억누르며 물었다.

"전황은 어떻게 흘러가고 있느냐?"

"동영의 첫 공격은 단 한 명의 희생자도 없이 오로지 진과 기관만으로 막아 냈습니다. 적도 큰 피해를 입었는지 항군이 오기를 기다리며 공격을 중단한 상황입니다. 하지만 지금쯤 어쩌면……."

"속히 병력을 보내야 하지 않겠습니까?"

철우의 목소리에 다급함이 묻어났다.

연후는 단호히 고개를 저었다.

"항군 삼만이 합세한다고 해서 쉽사리 본가를 함락시킬 순 없다. 마침 군영을 떠난 전가의 병력이 곧 도착할 테니 현진이라면 그들과 힘을 합쳐 충분히 본가를 지켜 낼 것이다."

"하지만 만에 하나 잘못되면……."

"어쨌거나 가장 중요한 건 저기 와 있는 적의 주력이다. 저들을 두고 더 이상 병력을 뺄 순 없다."

"주군!"

"그만."

"……."

연후는 전령에게 물었다.

"전서구를 가져왔나?"

"예! 혹시 몰라 두 마리를 챙겨 왔습니다!"

"따라오너라."

연후는 군영으로 몸을 날렸다. 그리고 막사에 들어가 전서를 작성해서는 바로 철혈가로 보냈다.

연후는 막사 밖으로 나와 밤하늘로 날아오르는 두 마리의 전서구를 응시하며 눈빛을 가라앉혔다.

'항군은 송영이 만든 신무기로 무장했다. 그중에서도 사정거리가 두 배로 늘어난 활을 이용해 화공을 펼친다면 문제가 심각해질 수도 있다.'

당장이라도 철혈가로 달려가고 싶은 마음이었다. 하지만 그럴 수가 없기에 마음은 점점 더 무겁게 가라앉았다.

'너만 믿는다, 현진.'

그때였다.

휘리릭!

서백이 바람처럼 떨어져 내렸다.

"주군! 적들이 움직이기 시작했습니다!"

* * *

더 이상 시간을 지체할 수 없었던 나백은 결국 결단을 내렸다.

그의 선택은 결국 정면 공격이었다.

다른 뾰족한 수는 떠오르지 않았고, 그나마 수적으로 우위를 점한 지금이라면 차라리 정공법이 나을 수 있으리라는 판단이었다.

하지만 야율목의 반대가 심했다.

"우리 기병을 희생양으로 삼겠다는 것이오?!"

"적의 전함은 뱃머리를 서쪽으로 돌린 채 모든 함포를 이곳을 향해 겨누고 있소. 우린 그 점을 이용할 것이오."

"……."

"기병을 두 방향으로 나누어 신속하게 적의 측면을 공격하시오. 귀측의 기병이 적들과 가까워지면 적의 전함도 함부로 함포를 쏘진 못할 것이오. 그러자면 속도가 관건이 될 거요."

"하면 빙궁은 어쩔 셈이오?"

"기병이 적진을 흔들면 그때 정면으로 치고 들어가겠소. 물론 본인이 전군을 이끌 것이오."

"흠……."

야율목이 수긍하는 기색을 드러내자 나백은 한마디 더 했다.

"동이 트기 전에 결판을 내지 못하면 백야벌을 떠난 적들이 도착하게 될 테고, 그렇게 되면 우리의 미래는 그 즉시 사라지는 것이나 다름없소. 하니 일단 시작하면 한

순간의 망설임도 없이 작전대로 움직여야 하오."

"알겠소."

씨익.

야율목이 이를 드러내며 웃었다.

"무운을 빌겠소, 대궁주."

나백은 들어설 때와는 달리 자신만만하게 나서는 야율목의 뒷모습을 잠시 바라보다가 탁자 위에 놓여 있던 술병을 들어 입으로 가져갔다.

벌컥벌컥!

탁!

측근이 들어섰다.

"전군 공격 준비를 마쳤습니다."

"서역의 기병이 강변에 이를 때까지 대기한다."

"알겠습니다."

나백은 막사를 나서 강변이 보이는 곳으로 향했다. 그런 그의 뒤로 네 명의 청포인이 유령처럼 따랐다.

지금껏 북해빙궁 내에서도 거의 모습을 드러낸 적이 없었던 그들은 서문회의 공격이 있은 이후부터 나백의 곁을 지키고 있었다.

그중 한 명이 음산한 목소리로 말했다.

"이연후라는 놈은 저희들이 맡겠습니다."

"놈의 목은 본 좌가 벨 것이다."

"천하를 다스릴 대궁주십니다. 굳이 위험을 감수하지 마십시오."

"나를 걱정하는 것이냐? 아니면 놈의 강함을 인정하는 것이냐?"

"……."

"너흰 놈의 지척에서 움직이는 놈들을 맡아라. 결코 너희보다 아래가 아닐 것이니 한순간의 방심도 금물이다."

나백의 그 말에 넷이 서로를 쳐다보며 흐릿하게 웃었다. 그 웃음이 마치 세상의 누구도 자신들의 상대가 되진 못할 거라고 말하는 것 같았다.

휘이잉!

바람이 불기 시작했다.

그리고 보석처럼 박혀 있었던 별들이 점차 사라져 갔다. 하늘에 먹구름이 드리우기 시작한 것이다.

나백은 이연후를 떠올리며 지그시 입술을 깨물었다.

'이놈…… 끝장을 보자꾸나.'

* * *

철혈가.

질식할 것만 같은 정적이 철혈가의 밤을 무겁게 짓눌렀다.

현신은 부슬부슬 내리기 시작한 빗줄기를 맞으며 대전각의 지붕을 지켰다. 그의 신경은 온통 항군을 요격하고자 떠난 철인족과 악마전이 과연 성공을 하느냐, 마느냐에 쏠려 있었다.

'동영이 지금껏 움직이지 않고 있다는 것은 일차 공격때 입은 피해가 상당하다는 것을 의미하는 것. 하면 항군의 합류만 지연시켜 준다면 충분히 막아 낼 수 있다.'

현진은 무거워지는 마음을 다잡으며 나지막이 숨을 토했다.

그때였다.

"형님."

"……!"

뒤에서 흘러든 목소리에 현진은 벼락같이 뒤돌아섰다. 그런 그의 두 눈이 이내 한껏 커졌다.

맞은편 전각의 지붕에 누군가 서 있었다. 바로 육손이었다.

현진은 반가움을 표하려다가 흠칫했다. 육손의 분위기가 평소와 달라도 너무 달랐던 까닭이다.

"네게…… 무슨 일이 있었던 것이냐?"

"다가오지 마세요."

"……!"

"자초지종은 나중에 말씀드릴 테니 지금은 제 말을 들

어 주세요."

 육손이 바로 말을 이었다.

 "괴인은 제가 데려갈 게요. 놈과 함께 모두를 도울 테니 부디 철혈가를 지켜 주세요."

 현진은 육손의 그 말이 귀에 들어오지 않았다. 세상에 모르는 것이 없는 그였기에 육손이 독인이 되었다는 것쯤은 육손의 태도만으로도 짐작할 수 있었다.

 '왜…… 대체 어쩌다가…….'

 "그럼 이만 가 볼게요."

 팡!

 육손이 어둠 속으로 사라지자 현진은 한순간 휘청거리며 손으로 미간을 짚었다.

 '독인이라니……. 저 착하디착한 녀석이 독인이 되었다니…….'

 "군사님!"

 현진은 황급히 다가오는 호위들에게 괜찮다는 손짓을 하고는 그대로 허리를 숙이며 한숨을 토했다.

 "하아……."

* * *

 철혈가 북쪽 황태의 거처.

육손은 은밀하게 그곳을 지나 인위적으로 암벽을 파내고 만든 동굴 속으로 들어갔다.

스스슥.

육손이 들어서자 동굴 저편에서 시커먼 그림자가 천천히 일어섰다. 괴인이었다.

"나야."

"키키키."

육손을 알아본 걸까?

괴인이 그를 향해 다가왔다.

육손은 괴인을 응시하며 처연하게 웃었다.

"너는 독을 걱정하지 않아도 되니 참 다행이네."

"키키키."

"이제부터 우린 함께 다니게 될 거야."

육손은 괴인에게 한 자루 대도를 건넸다. 괴인은 육손이 건넨 대도를 이리저리 살피며 핏빛 안광을 연신 번뜩였다.

"그걸로 내가 죽이라는 놈들은 다 죽여 줘야 해. 알았지?"

"키키키!"

"가자."

"키키키!"

육손은 괴인과 함께 밖으로 나섰다.

그때 경계를 서던 무사 두 명이 그를 발견하고는 검을 뽑아 들며 소리쳤다.
"누구냐!"
"육손이에요."
"육손 님이요?"
"다가오면 위험해요."
육손은 장력을 이용해 무사들을 뒤로 밀어냈다. 몇 걸음만 더 다가오면 그들은 한 줌 핏물이 될 터였다.
"억!"
무사들이 엉덩방아를 찧을 때, 육손과 괴인은 어둠 속으로 몸을 날렸다.

* * *

흑월은 어둠 속에서 철혈가를 바라봤다.

한 번 호되게 당한 탓일까? 어둠이 내려앉은 철혈가가 마치 동영에서 전설로만 전해지는 지옥의 괴물처럼 느껴졌다.

'그자가 없이도 이렇게 강할 수 있다니…….'

흑월은 첫 번째 공격에서 겪었던 악몽을 떠올리며 눈빛을 떨었다.

평생을 전장에서 살아온 그조차도 그런 식의 전투는 처

음이었고, 그토록 가공할 진과 기관의 위력은 치기 떨릴 정도였다.

'정보의 부재에서 비롯된 패배였다. 문제는 철혈가를 넘어갔을 때 또 어떤 기관이 있을지, 얼마나 되는 병력이 우리를 기다리고 있을지 짐작조차 할 수 없다는 것이다.'

휘이잉!

바람이 불어 흑월의 머리카락을 쓸고 지나갔다. 흑월은 얼굴을 간질이는 머리카락을 쓸어내며 나지막이 숨을 토했다.

그때였다.

"크아악!"

"으아악!"

두 줄기 처절한 단말마가 밤의 정적을 갈기갈기 찢어 놓았다.

흑월의 고개가 반사적으로 단말마가 터진 곳을 향해 돌아갔다.

주변이 있던 신풍조도 일제히 흑월의 주변으로 몰려들었다.

"모두 따라오너라!"

파파팟!

흑월은 어둠 속으로 몸을 날렸다.

'적의 기습은 아니다. 하면 또 그 괴인이 나타난 건가?'

일감은 지금껏 자신들을 괴롭혔던 핏빛 연기를 뿜어내는 괴인이었다.

까가강!

"크아악!"

"끄악!"

또다시 단말마가 터졌다.

한데 이번에는 조금 전에 터졌던 곳과 제법 떨어진 지점이었다.

'단발적인 공격이라면…… 적의 살수가 움직이고 있다!'

챙!

흑월은 달려가면서 검을 뽑았다.

진과 기관은 몰라도, 살수끼리의 싸움이라면 천하의 누구에게도 질 마음이 없었다.

'감히 우리를 상대로 살수전을 생각하다니……. 그게 얼마나 무모한 짓인지 곧 깨닫게 해 주마.'

* * *

"저, 저게 뭐냐?"

어둠 속에서 불꽃처럼 타오르는 두 개의 핏빛 눈동자.

인자들은 감히 달려들지 못하고 뒤로 주춤주춤 물러섰다.

그 앞에 참혹하게 짓이겨진 두 구의 시신이 나뒹굴고 있었다.

"키키키."

"오, 온다!"

"막아라!"

"피해라!"

상반된 외침이 인자들 속에서 터졌다.

몇몇은 황급히 뒤로 물러섰고, 몇몇은 괴인을 향해 달려들었다.

퍽!

"크악!"

한 인자의 등을 뚫고 괴인의 손이 튀어나왔다. 그때를 노려 다른 인자가 괴인의 가슴을 향해 검을 쑤셔 박았다.

"잡았다!"

하지만.

꽝!

"……!"

쇳소리와 함께 검이 휘어지자 인자는 두 눈을 부릅뜨며 입을 쩍 벌렸다.

콱!

괴인이 인자의 목을 움켜쥐었다. 쇠갈고리처럼 생긴 거대한 손, 그리고 강철보다 단단한 손톱이 인자의 목을 파고들었다.
 우드득!
 "끄아아!"
 "빌어먹을! 금강불괴다!"
 "으아아!"
 인자들이 혼비백산하여 뒤로 물러섰다. 하지만 그곳에는 더 무서운 존재가 그들을 기다리고 있었다.
 핏빛 연기가 인자들을 휘감았다.
 괴인에 놀란 인자들은 핏빛 연기의 존재조차 인식하지 못하고 있었다.
 "컥!"
 "크억!"
 그 결과는 당연히 죽음이었다.
 "빌어먹을! 저 괴물이 또 나타났어!"
 "피해라! 여기 있으면 모조리 죽는다!"
 살아남은 인자들이 도주하기 시작했다. 하지만 그들마저도 핏빛 연기를 피하지 못하고 모조리 죽어 버렸다.
 스슥.
 수풀을 헤치며 육손이 모습을 드러냈다.
 괴인처럼 혈광이 충만했던 그의 두 눈이 이내 평소의 모습을 되찾았다.
 "키키키."

괴인이 육손의 곁으로 다가왔다.

"잘했어."

"키키키."

"이제 곧 놈들이 몰려올 테니까 그만 가자."

"키키키."

육손과 괴물이 숲으로 사라진 직후, 흑월와 신풍조가 장내로 떨어져 내렸다.

파르르…….

흑월은 눈빛을 떨었다.

그 짧은 시간에 벌써 수십 명이 핏물 속을 나뒹굴고 있었다.

"조장! 이걸 좀 보십시오!"

신풍조 하나가 부르짖었다.

흑월은 그가 서 있는 곳을 돌아봤다. 그러고는 다시 한 번 눈빛을 떨었다.

사지가 찢겨 날아간 시신들.

머리가 반쯤 부서지고 가슴에 커다란 구멍이 나 있었으며, 어떤 시신은 머리에서 하체까지 반으로 갈라진 것도 있었다.

"이쪽에 있는 시신들 대부분은 이전처럼 독에 당한 게 아닙니다. 그냥 누군가가…… 힘으로 모조리 찢어발긴 것 같습니다!"

"여기도 있습니다!"

"여기도 마찬가집니다!"

숲 좌측, 우측에서도 대량의 시신들이 발견되었다.

그때였다.

휘리릭!

어둠을 가르며 떨어져 내리는 자들이 있었다. 흑검과 신검조였다.

흑검은 참혹하기 짝이 없는 장내를 한 번 둘러보고는 흑월을 향해 물었다.

"어떻게 된 일이오?"

"독을 쓰는 괴인이 다시 나타난 것 같다. 그리고······ 또 다른 누군가가 놈과 함께 움직이고 있다."

"놓친 거요? 아니면 두려워서 감히 덤비지도 못한 거요?"

"입 함부로 놀리지 마라, 흑검."

흑월의 표정이 매섭게 변할 때, 신풍조의 부조장이 나섰다. 그가 못마땅한 표정으로 흑검을 향해 말했다.

"우리가 왔을 땐 이미 상황이 끝난 뒤였습니다."

짝!

"억!"

흑검이 부조장의 뺨을 후려갈겼다.

"수장들끼리 나누는 대화에 함부로 끼어들다니."

스윽!

흑월의 검이 흑검의 목젖에 닿았다.

흑검이 씩 웃으며 두 팔을 어깨 위로 쳐드는 시늉을 했다.

"이러면 서로 곤란할 텐데?"

"오늘은 경고에 그치지만 이후 다시 한번 함부로 지껄이거나 건방을 떨면 모두가 보는 앞에서 네놈의 목을 칠 것이다."

"후후후. 그게 동생한테 할 소리요?"

"두 분…… 그만하십시오. 수하들이 보고 있습니다."

보다 못한 신검조의 부조장이 나서고서야 흑월은 검을 거두고 돌아섰다.

"전군에 괴인의 출현을 알리고 경계를 강화한다."

"예!"

잠시 후 흑월과 신풍조가 어둠 속으로 사라지자, 흑검은 그들의 뒷모습을 노려보며 살기를 번뜩였다.

"죽이려면 저것들이나 죽일 것이지."

"조장, 시신들을 좀 보십시오."

흑검도 참혹하게 짓이겨진 시신들을 내려다보며 미간을 찡그렸다.

"이번에는 또 어떤 놈이야. 빌어먹을……."

* * *

 적이 움직였음이 전해졌지만 연후는 조용한 대처를 지시하고 곧장 남호의 전함으로 올라섰다.
 "어서 오십시오."
 "함포를 좌우측으로 미리 돌려놓아야겠다."
 "예?"
 "적이 공격을 시작했다. 하면 적의 기병들은 함포를 피해 정면이 아닌 좌우측으로 치고 들어올 터. 서둘러야 한다. 늦으면 적과 아군 간의 거리가 가까워져서 함포를 쓸 수 없게 된다."
 "알겠습니다!"
 잠시 후 전함들이 각각 좌우측으로 방향을 틀기 시작했다.
 촤아악!
 연후는 선수에서 적진을 바라봤다. 능선 위의 적은 아직 어떤 움직임도 보이지 않고 있었다.
 연후는 나백의 의도를 짐작했다.
 '기병이 백사장에 근접할 때까지 기다리고 있겠지.'
 남호가 비장한 어조로 말했다.
 "만약 적과 아군이 백병전을 시작하면 저희도 배에서 내려 주군을 돕겠습니다."

"그럴 일이 없기를 바랄 수밖에."

"……."

"그럼 부탁하마."

"조심하십시오, 주군!"

"그러지."

팡!

뱃머리를 박차고 뛰어오른 연후는 곧장 백사장으로 향했다. 남호가 그런 연후의 뒷모습을 응시하며 두 눈에 불꽃을 담았다.

"개새끼들. 제발 함포의 사정거리 안으로만 들어와라. 아주 개박살을 내 줄 테니까."

끼끼끼.

촤아악!

전함이 방향을 틀면서 남호의 시선은 자연스럽게 백강의 하류 쪽으로 향했다.

"정지한다!"

"정지한다!"

자리를 잡은 전함들이 일제히 닻을 내렸다.

남호는 두 눈 가득 결기를 담으며 허리에 차고 있던 검을 천천히 뽑았다.

스르릉.

"전군, 속사를 준비하라!"

"속사 준비!"

* * *

두두두!

야율목은 직접 오만의 기병을 이끌고 백강의 하류를 우회하여 중원연합군이 포진한 강변으로 향했다.

그는 강변의 모래가 씨알이 잘고 밀도도 높았기에 기병의 기동력에 아무런 문제도 없음을 깨닫고는 회심의 미소를 지었다.

"어리석은 놈들. 이 전쟁에서 이길 생각이었다면 북해빙궁이 아니라 우리 서역의 기병들을 먼저 공격했어야지. 이제 곧 만천하가 똑똑히 보게 될 것이다. 우리 서역의 기병이 얼마나 강력한지를……."

두두두!

야율목은 진격하면서 백강의 상류 쪽을 바라봤다. 아직까지 포성이 울리지 않는 것을 보면 적의 함대가 전혀 눈치를 채지 못하고 있음이 분명했다.

"우려했던 함포가 무용지물이 된다면 이 전쟁은 볼 것도 없이 우리의 승리다. 후후후."

그때였다.

"엇!"

첨벙!

뒤쪽에서 작은 소란이 일었다.

"무슨 일이냐!"

"신경 쓰지 마십시오! 기병 몇 기가 중심을 잃고 쓰러진 것뿐입니다!"

"멍청한……."

두두두!

야율목은 강변과 가까운 모래사장을 이용해 움직였다. 상대적으로 모래가 가장 단단한 곳이어서 전마의 체력을 보전하는 데 유리했기 때문이다.

그렇게 얼마를 더 올라갔을까?

서서히 전함들이 보이기 시작했다. 하지만 아직은 거리가 있어서 전함의 방향까지 확인할 순 없었다.

"나백의 작전이 제대로 통할 것 같군. 후후후."

야율목은 기습 작전의 성공을 의심치 않았다.

챙!

야율목이 검을 뽑아 들자 뒤를 따르던 기병들도 일제히 무기를 뽑았다.

"궁병은 공격을 준비하라!"

명령이 떨어지자 이만의 기병들이 본대에서 좌우로 갈라져 나오기 시작했다.

그들 모두는 어지간한 장정보다 더 크고 기다란 장궁을

들고 있었다.

"사정거리 안으로 들어설 때까지 기다려라!"

두두두!

거리가 점점 가까워졌다.

그리고 잠시 후 전함의 방향을 눈으로 확인할 수 있는 거리까지 들어섰을 때, 야율목은 두 눈을 부릅뜨며 외마디 신음성을 터트렸다.

"엇!"

전함의 함포가 정확하게 자신들을 향하고 있음을 본 것이다.

그때였다.

쿠쿠쿠쿠쿵!

북부군단의 전함들이 일제히 불을 뿜었다.

"이런……!"

야율목은 허공을 가르며 날아드는 수많은 불꽃을 바라보며 다급하게 외쳤다.

"산개하라!"

"산개하라!"

콰콰콰쾅!

"우아악!"

"크악!"

히히힝!

포탄은 정확하게 선두 지점에 떨어졌다.

한 발은 간발의 차이로 야율목의 머리를 스치듯 지나가 바로 뒤에 떨어졌다.

쾅!

"크아악!"

"으악!"

전마와 전마가 얽혀들며 본대의 선두가 마치 성곽이 무너지듯 쓰러지기 시작했다.

야율목의 한껏 커진 두 눈이 세차게 흔들렸다.

'우리의 기습을 예상하고 있었다니……'

슈아아아악!

콰콰콰콰쾅!

"함포의 사정거리가 아군의 장궁보다 더 깁니다!"

"더 전진해서 일제히 쏴라!"

"전진하라! 전진하라!"

콰콰콰쾅!

좌측으로 빠져나갔던 궁병들 쪽에 수십 발의 포탄이 떨어졌다.

"크아악!"

"우악!"

선두가 붕괴되면서 뒤를 쫓아가던 기병들이 황급히 말머리를 틀었다. 그 와중에 백사장이 아닌 강 쪽으로 말머리를 돌렸던 자들이 무리에서 이탈하는 사태가 속출했다.

제아무리 말이라도 가슴까지 차오른 물속에서 제대로 달린다는 것은 불가능했다.

슈아아악!

콰콰콰콰쾅!

"크아악!"

"끄악!"

포탄은 신기하리만큼 본대의 앞쪽에 떨어졌다. 그 바람에 공격 방향이 틀어졌고, 상당수의 기병은 의지와는 상관없이 당초의 목적지였던 강변이 아니라 좌측 숲으로 뛰어드는 사태가 벌어졌다.

바르르…….

붉게 변해 버린 야율목의 얼굴이 경련에 휩싸였다. 이대로라면 전장에 들어서기도 전에 엄청난 희생을 입을 수밖에 없는 상황이었다.

더 곤혹스러운 것은 적의 전함에 포탄이 얼마나 남았는지 전혀 알 수가 없다는 점이었다.

슈아아악!

콰콰콰쾅!

야율목의 지척에 포탄 수십 발이 떨어졌다.

"크아악!"

"끄악!"

짓이겨진 살점이 날아들어 야율목의 전신을 우박처럼 덮쳤다.

"적이 아군의 기습을 예상하고 있는 상황에서 이대로는 무리입니다! 더 올라갔다가는 적의 함정에 걸려들 수도 있습니다!"

"속히 퇴각을 명해 주십시오!"

수뇌부가 먼저 동요하기 시작했다.

"크아아아!"

야율목이 하늘을 향해 고개를 쳐들고 괴성을 질렀다. 뒤이어 피눈물을 흘리며 통한의 명령을 내렸다.

"퇴각하라!"

* * *

"대지존! 하류를 타고 올라오던 적의 기병들이 퇴각하기 시작했습니다!"

북궁천이 다가와 소리쳤다.

연후는 백강의 하류 쪽을 응시했다. 거의 백 장 안쪽까지 치고 올라오던 적들이 물러가고 있었다.

연후는 남호의 전함으로 시선을 돌렸다. 남호가 선수에서 두 팔을 쳐들고는 소리를 지르며 환호하고 있었다.

연후는 손을 들어 상류를 가리켰다.

그는 하류를 경계했던 전함들이 일제히 상류를 향해 방향을 트는 것을 지켜보고는 서백을 불렀다.

"서백."

"예, 주군."

"대원수와 북부군단을 불러들여라."

"알겠습니다."

쐐애액!

서백이 날린 신호탄이 허공으로 한참을 올라가 불꽃을 일으키며 터졌다.

펑!

* * *

"이럴 수가……."

퇴각하는 아율목.

아무것도 해 보지 못하고 퇴각을 할 수밖에 없었던 그의 속내는 자책과 분노, 허탈함이 한데 뒤섞였다.

"백강 북쪽으로 진격한 아군이 걱정입니다! 저희처럼 아무것도 모른 채 함포의 사정거리 안으로 들어간다면……."

바르르…….

야율목의 얼굴이 벌겋게 달아올랐다.

그라고 그걸 모를까. 하지만 달리 손을 쓸 방도가 없었다.

현재로서는 최대한 피해를 덜 입고 빠져나오기를 바랄 수밖에 없었다.

"이연후, 이노옴……."

나백은 연후를 떠올리며 이를 바득바득 갈았다.

그때 측근이 외쳤다.

"너무 먼 곳까지 내려온 것 같습니다! 속히 북해빙궁이 있는 곳으로 돌아가야 합니다!"

"말머리를 돌려라!"

야율목이 먼저 말머리를 돌리자 뒤를 따르던 기병들이 일제히 말머리를 북쪽으로 돌리기 시작했다.

하지만 여전히 수만에 달하는 병력인 데다 주변에 우거진 숲이 움직임을 방해하고 있어서 속도는 매우 느릴 수밖에 없었다.

정신없이 도주하다 보니 기병이 가장 피해야 하는 환경 속으로 뛰어든 것이다.

퍼퍼퍼퍽!

서역무림의 기병들은 진로를 방해하는 수풀과 나뭇가지를 검으로 잘라 내며 곤욕을 치렀다. 그럼에도 속도는 좀처럼 나아지지 않았다.

그때였다.
쐐애애앵!
갑자기 사위가 대낮처럼 밝아졌다.
반사적으로 치켜든 야율목의 두 눈이 붉게 물들었다. 밤하늘을 가르며 날아드는 수천 발의 불화살이 동공에 반사된 까닭이었다.
"……!"
퍼퍼퍼퍼퍽!
콰콰콰쾅!
"크아악!"
"끄아악!"
"후방에 적이다! 적이 나타났다!"
"좌측에도 적이 있습니다!"
쐐애앵!
콰콰쾅!
"크악!"
"우악!"
수십 발의 화살이 맨 앞에서 움직이던 야율목의 지척까지 날아와 불꽃을 일으키며 폭발했다.
콰콰쾅!
화르륵!
거대한 불꽃이 사방에서 솟구쳐 오르자 사람보다 말들

이 놀라 날뛰기 시작했다.

그 와중에 말에서 떨어지는 기병들이 속출했고, 그곳으로 화살이 비처럼 떨어져 내렸다.

"속하들이 뒤를 맡겠습니다! 속히 빙궁의 군영으로 올라가십시오!"

야율목은 측근들에게 한마디 말도 건네지 못한 채 정신없이 내달렸다. 그런 그를 따라는 자들은 삼백이 채 되지 못했다.

꽈악!

치아가 파고든 입술에서 피가 뚝뚝 떨어졌다.

야율목으로서는 피눈물이라도 쏟고 싶은 심정이었다. 서역무림의 지배자로 올라서기까지 수백 번의 전투를 치렀고, 전승을 거뒀다.

그러했기에 지금의 이 현실은 도저히 받아들일 수가 없었다.

쐐애액!

콰콰콰쾅!

수백 발의 화살이 야율목의 뒤쪽 이십 장 거리에서 불꽃을 일으키며 폭발했다.

맨 뒤에서 따르던 자들 몇 명이 파편을 뒤집어쓴 채 피를 뿌리며 꼬꾸라졌지만 야율목에게까지 미치지는 못했다.

두두두!

야율목의 얼굴에서 피가 뚝뚝 떨어졌다.

정신없이 달리다 보니 나뭇가지에 긁히고 베인 상처가 수두룩했다.

"크아아!"

기어코 야율목의 입에서 괴성이 터졌다.

뒤이어 뺨을 타고 닭똥 같은 눈물이 줄줄 흘러내렸다.

* * *

화르륵!

콰아아!

불화살이 일으킨 불길이 산천초목을 휩쓸기 시작했다. 바람은 남풍이었고, 바람이 더해진 거대한 화염이 미처 빠져나가지 못한 서역무림의 기병들을 덮쳤다.

"으아악!"

"크아악!"

용케 화염을 피해 빠져나온 자들은 기다리고 있던 혈왕군의 먹잇감으로 전락했다.

"개새끼들! 모조리 대갈통을 따 버려!"

"크아악!"

"으악!"

하늘이 도와서 화염과 혈왕군을 모두 피한 자들은 북부군단의 몫이었다.

총사 윤회의 목소리가 전장을 쩌렁쩌렁 울렸다.

"한 놈도 남김없이 모조리 추살하라!"

와아아!

"으……."

서역무림의 기병들은 성난 바람처럼 밀려드는 북부군단을 피해 사방으로 흩어졌다.

하지만 우거진 숲과 화염이 그들을 방해했고, 기세를 탄 북부무림은 거침없이 적들을 향해 달려들었다.

퍽!

"크악!"

도주하던 적의 머리를 쳐 낸 윤회의 곁으로 신휘가 다가왔다.

"여긴 총사께서 맡아 주셔야겠소."

"주군께 가십니까?"

"그래야 할 것 같소."

"알겠습니다. 여긴 걱정 마시고 속히 주군을 도와주십시오!"

신휘는 혈왕군을 이끌고 백강을 향해 달렸다. 그들은 서역무림의 기병과는 달리 기동력에 전혀 문제가 발생하지 않았다.

서역무림의 수만 기병이 이곳으로 쫓겨 내려오면서 방해되는 수풀과 나뭇가지들을 모조리 밟고 쳐 낸 덕분이었다.

"전속으로 백강으로 올라간다!"

"예!"

두두두!

* * *

"쏴라!"

"적의 선두를 집중 포격하라!"

쿠쿠쿠쿠쿵!

콰콰콰콰쾅!

북부군단의 전함이 다시 함포를 퍼붓고 있었다. 이번에는 백강 상류, 북쪽이었다.

"크아악!"

"으악!"

이번에도 포탄은 신기하리만큼 선두를 정확히 타격했다.

그 바람에 뒤를 따르던 기병들이 서로 얽히고 충돌하며 대혼란이 빚어졌고, 그 한가운데로 포탄이 집중적으로 날아들면서 떼죽음을 당하는 상황이 이어졌다.

그 와중에 포격을 뚫고 강변까지 다다른 병력도 꽤 되었지만, 이미 전의를 상실한 까닭에 말머리를 북쪽으로 돌려 퇴각하기 바빴다.

능선에서 이 모든 상황을 지켜보는 나백의 얼굴은 창백하다 못해 파랗게 떠 있었다.

'이럴 수가…….'

시간에 쫓겨 내린 수라고는 하나, 그건 수적 우위를 점하고 있었기에 내린 결정이었다.

하지만 그러한 수적 우위가 우스워질 만큼 적의 전략에 놀아나고 말았다.

절대적인 자신에서 우러난 오만에 의해 오판을 내린 것임을 이제는 부정할 수 없었다.

막대한 심적 충격에 나백은 그만 내상을 입고 말았다.

"우웩!"

후두둑!

나백의 입을 통해 피가 쏟아졌다.

"대궁주!"

측근들이 황급히 다가왔지만 나백은 그들의 손길을 뿌리치며 부르짖었다.

"정녕 이연후, 저놈을 넘어설 수 없단 말인가!"

모두는 침통한 표정으로 나백을 응시했다. 그중 한 명이 용기를 내어 외쳤다.

"더는 무리입니다! 속히 북쪽으로 물러가 후일을 도모하셔야 합니다! 대궁주께서 건재하시면 언제든 다시 중원을 도모할 수 있습니다!"

"여기서 물러선다 한들 달라지는 건 없습니다! 차라리 전군을 이끌고 철혈가로 진격하십시오!"

"진격 명령을 내려 주십시오, 대궁주!"

절체절명의 위기에 몰렸음에도 의견은 제각각이었다. 누구도 나백의 피를 닦아 줄 생각조차 하지 않은 채 그의 결정을 기다렸다.

그때였다.

두두두!

좌측 아래쪽에서 한 무리의 인마가 질풍처럼 달려왔다.

"야율목이 돌아오고 있습니다!"

측근의 외침에 나백은 고개를 들었다.

"아직도 꼼짝을 않고 있었단 말이냐!"

야율목의 노호성이 주변을 쩌렁쩌렁 울렸다. 그는 여전히 능선에 머물고 있는 북해빙궁의 병력을 보고 그만 눈이 뒤집히고 말았다.

퍽!

"크악!"

야율목의 검에 빙궁의 고수 하나가 목이 날아갔다. 그

가 멈추지 않고 맹렬하게 달려오자 나백의 측근들이 일제히 검을 뽑아 들고 앞을 막아섰다.

"물러서라."

나백이 나섰다. 그는 여전히 흐르는 피를 닦아 낼 생각조차 하지 않은 채 야율목의 앞으로 나섰다.

그대로 들이칠 것 같았던 야율목이 전마의 고삐를 잡아당기고는 나백의 앞으로 뛰어내렸다.

쿵!

분노가 얼마나 컸으면 그가 내려선 주변에서 흙먼지가 풀풀 올라왔다.

"네 이놈, 나백! 감히 우리 서역을 미끼로 던져 놓고 간을 보고 있었던 것이냐!"

"미안하오. 나의 판단이 잘못되었던 것 같소."

"……!"

천하의 나백이 인정하고 나오자 야율목은 한순간 말문이 막히고 말았다.

"이제 어떡할 생각이오!"

"곧 있으면 적의 전력은 수배로 늘어나게 될 것이오. 이런 상황에서 전쟁을 이어 간다는 것은 짚을 이고 불 속으로 뛰어드는 꼴과 다름없으니…… 대평원으로 물러갑시다."

바르르…….

백강 전투 〈183〉

야율목이 전신을 떨었다.
하지만 그도 다른 말을 하지는 못했다. 그 역시도 전투를 이어 가는 것이 더는 무리라는 것을 인정하고 있었던 까닭이다.
"우리 북해와 서역의 잠재력은 여전히 무궁무진하오. 오늘의 실패를 교훈 삼아 전열을 정비하여 다시 내려옵시다. 본 빙궁은 서역무림을 영원히 형제로 여길 것이니, 우리의 혈맹이 깨지지 않고 이어진다면 머지않아 반드시 중원을 정복할 수 있을 것이오."
"빌어먹을······."
전신을 바들바들 떨던 야율목이 하늘을 향해 고개를 젖히고는 괴성을 터트렸다.
"크아아!"
그 와중에 공격에 나섰던 서역무림의 기병들이 속속 귀환하고 있었다.
야율목과 함께 나섰던 병력보다는 백강 상류를 타고 진격했던 병력의 피해가 훨씬 덜했다. 덕분에 현재까지 귀환을 한 숫자는 거의 삼만에 달했다.
그렇게 반 시진의 시간이 더 흐르자 돌아온 병력의 수는 칠만을 상회했고, 전마의 상태도 대부분 온전했다.
꽈악!
야율목은 피가 나도록 입술을 깨물었다.

오만이 넘는 병력을 제대로 된 전투조차 해 보지 못하고 잃어버린 것이다.

그는 나백을 돌아보며 부르짖듯 말했다.

"돌아갑시다."

* * *

연후는 백강 주변을 둘러보았다.

압도적인 승리를 거뒀지만 측면에 배치되었던 아군의 희생도 만만치 않았다.

또한 여전히 상류와 하류 곳곳에서 산발적인 전투가 이어지고 있었다.

연후는 능선을 바라봤다.

동방리가 그의 곁으로 다가왔다.

"전함을 배치시켜 둔 것이 결정적인 한 수였던 것 같아요. 만약 적이 어느 정도의 피해를 감수하고 삼면을 동시에 치고 들어왔다면 문제가 심각해질 수도 있었을 거예요."

"그렇소."

동방리가 무덤덤하게 대답하는 연후를 올려다보며 눈빛을 발했다.

"만약 적이 홍산에서부터 이곳 백강까지 따라 내려오

지 않았다면, 그에 따른 대책도 세워 두셨던 건가요?"

"전혀."

"……예?"

동방리가 눈을 동그랗게 치떴다.

연후가 담담히 말을 이었다.

"동영이 본가를 향해 내려갔다는 것을 알았을 때, 적은 무조건 우리를 따라올 거라 확신했소. 나백은 우리를 이곳에 묶어 놓아야 본가를 손쉽게 점령할 수 있을 거라 여겼을 것이오. 나는 그의 생각에 충실히 따라 줬을 뿐이오."

"확신이 어긋나면 어쩌려고 그러셨어요?"

"나도 모르겠소."

"……!"

연후는 동방리를 돌아보며 흐릿하게 웃었다.

"어쨌든 적을 물리치지 않았소."

그때 철우가 다가왔다.

"대원수께서 올라오고 계십니다."

연후는 서남쪽으로 시선을 돌렸다.

어둠 너머에서 뿌옇게 흙먼지가 일어나고 있었다. 뒤이어 대지가 은은하게 진동했다.

"서남쪽을 북부군단에 맡기고 먼저 올라온 것을 보면 작전에 제대로 성공할 모양이군."

"그렇습니다."

휘리릭!

북궁천과 한송이 바람처럼 떨어져 내렸다.

"대지존! 적이 물러가기 시작했습니다!"

"어서 추격을 명해 주시지요!"

연후는 다시 능선 쪽으로 시선을 돌렸다.

"대평원까지 물러가게 내버려둡시다. 여기서 더 궁지에 몰아붙이면 북방으로 이어지는 도시들이 큰 피해를 입게 될 거요."

"하지만……."

"무고한 백성들의 피해를 감수하면서까지 전쟁을 이어갈 생각은 없소. 이제 북해빙궁과 서역무림은 그럴 만한 가치를 상실했으니 명에 따르시오."

"……알겠습니다."

마지못해 대답을 하는 북궁천이었다.

연후는 그런 북궁천을 향해 흐릿하게 웃으며 말을 이었다.

"그렇다고 적들을 곱게 보내 줄 생각은 추호도 없으니 염려 마시오."

4장
하늘은 너희 편이 아니다

하늘은 너희 편이 아니다

"속도를 올려라!"

스스로 반군의 총사에 오른 금호는 선두에서 병력을 이끌며 속도를 올릴 것을 재촉했다.

쉬지 않고 달려온 탓에 전신이 땀으로 흥건했던 금호는 머리에 쓰고 있던 두건을 벗었다. 그러자 머리카락이라고는 한 올 없는 민머리가 드러났다.

"이제 조금만 더 올라가면 철혈가가 보인다! 우리 주군과 서북무림의 복수를 위해 다들 힘을 내라!"

금호는 결기에 차 있었다.

위연광과 서북무림의 복수를 위해 오늘만을 기다려 온 그에게 시간은 얼어붙은 강물처럼 더디게 흐르고 있었다.

"총사! 이제 저 산만 넘어가면 철혈가가 나옵니다! 드디어 그토록 기다리고 기다렸던 복수의 시간이 다가오고 있습니다!"

"철혈가를 불태우기 전까지는 결코 방심해선 안 된다! 다들 한시도 마음을 놓지 말거라!"

"예!"

두두두!

* * *

어둠 속에서 반군을 지켜보는 눈동자들이 있었다.

백운과 설무진이었다.

"개새끼들, 아주 보무도 당당하게 달려오고 있군그래."

"이 산에서 최대한 시간을 벌어야 합니다."

"물론이다."

"그러자면 육부 능선까지 올라오기를 기다렸다가 요격에 나서는 것이 좋겠습니다. 그 아래쪽은 지형이 완만해서 너무 불리합니다."

설무진의 그 말에 백운이 씩 웃었다.

"좋아. 이번 작전은 네가 이끌도록 해. 북해빙궁과 오랫동안 싸워 온 너희들이니 놈들을 상대로는 나보다 훨씬 뛰어나겠지."

"감사합니다."

척!

백운이 설무진의 어깨에 손을 얹으며 말을 이었다.

"아무도 죽지 않는 건 불가능할까?"

"아무래도 그건……."

씨익.

"우리가 한 번 불가능에 도전을 해 보는 거지 뭐. 그러니 아무도 죽지 마라."

"알겠습니다."

"자! 다들 육부 능선까지 올라간다."

"예!"

뒤에 서 있던 악마전과 철인족 모두가 일제히 육부 능선으로 몸을 날렸다.

그렇게 얼마나 흘렀을까?

선두에서 움직이던 백운이 돌연 대도를 내리며 싸늘히 소리쳤다.

"누구냐!"

"나요."

스슥.

수풀을 헤치며 모습을 드러내는 그림자가 있었다.

얼굴을 확인한 백운이 눈을 동그랗게 치떴다.

"아니……."

바로 황태였다.

"밥값 하러 왔소."

씨익.

백운이 치아를 드러내며 웃었다.

설무진도 황태를 반겼다. 황태 같은 고수가 있다면 작전에 크나큰 도움이 될 터였다.

황태가 산 아래를 내려다보며 물었다.

"여기서 시간을 끌 생각이오?"

대답은 설무진이 했다.

"예. 육부 능선에서부터 산 정상까지 지형이 험하고 가파르니 적도 한꺼번에 산을 넘어가진 못할 겁니다. 그때를 노려 요격에 나설까 합니다."

황태는 주변을 살폈다. 그리고는 묵묵히 고개를 끄덕였다.

"좁고 가파른 길목마다 병력을 배치시켜 놓으면 내일 아침까지는 충분히 시간을 벌 수 있겠군. 물론 가장 강한 사람들이 나서야 할 거요."

"물론입니다."

"황 형은 혼자서 길목 하나를 맡아 주시죠?"

"난 따로 할 일이 있소."

"따로 할 일이라면……."

"전투가 시작되면 적의 대가리를 노릴 생각이오. 반군

의 수장만 제거하면 그다음은 훨씬 수월해지지 않겠소? 물론 길목이 돌파당할 위기에 처하면 그땐 돌아와서 돕겠소. 그럼 나중에 봅시다."

팡!

황태가 바로 어둠 속으로 몸을 날려 사라지자 백운은 설무진을 돌아보며 씩 웃었다.

"자, 그럼 우리도 슬슬 자리를 잡아 볼까?"

"그러시죠."

"네가 어디를 지키면 될지 알려 줘. 하면 그대로 따를 테니까."

* * *

황태는 어둠을 가르며 산을 내려갔다.

전투가 시작되기 전에 반군의 수장이 누군지 확인부터 해 둘 생각이었다.

시간은 그리 오래 걸리지 않았다.

'저놈이군.'

황태는 산의 초입에 이르러 금호를 응시하며 안광을 번뜩였다.

민머리 말고는 특별할 것도 없었지만 그의 지척에 비범함을 풍기는 자들이 다수 포진한 것을 보면 틀림없었다.

'멍청한 놈. 다른 곳도 아닌 철혈가를 배신하다니……. 그 끝이 죽음이라는 것을 죽어서야 깨닫게 해 주마.'

황태는 오직 금호만을 주시했다.

마침 금호가 선두에서 산을 오르기 시작했다.

설무진의 말처럼 육부 능선까지는 말을 타고 오를 수 있을 만큼 완만한 지형이었다. 다만 길이 좁아서 한 번에 셋 이상은 지나갈 수가 없었다.

'굳이 육부 능선까지 올라가지 않고도 충분히 가능할 것 같은데…….'

순간 황태는 우문적을 떠올렸다.

'아니지. 내가 죽으면 그 양반이 적적해할 테니 괜히 무리할 건 없다. 그나저나 관상 한번 더러운 새끼네. 하긴, 이래야 더 죽일 맛이 나긴 하지.'

"전속으로 산을 넘어간다!"

"서둘러라!"

황태는 가장 먼저 산으로 뛰어오르는 금호를 응시하며 차갑게 웃었다.

'말이 사람보다 부족한 건 오르막에 약하다는 거지. 그걸 안다면 말을 버렸어야 했다. 하면 조금이라도 더 빨리 이 산을 넘어갈 수 있었겠지. 물론 그렇게 내버려둘 생각은 추호도 없지만.'

휘이잉!

강풍이 불기 시작했다.

강풍에 휩쓸린 숲이 이리저리 출렁이기 시작하자 황태의 입가에 떠오른 미소가 더 짙어졌다.

'하늘이 너희 편은 아닌 것 같군. 후후후.'

* * *

"놈들이 올라오기 시작했지 말입니다."

"내가 명령을 내릴 때까지는 꼼짝도 하지 마라."

"예, 전주."

"자식아, 악마전의 전주는 너잖아."

"그래도 제겐 영원한 전주님이시지 말입니다."

"전주가 되더니 넉살만 늘었네."

부차의 머리를 어루만져 준 백운은 산으로 뛰어드는 반군을 내려다보며 천천히 일어섰다.

"난 저곳을 지킬 테니 신호를 보낼 때까지 기다려라."

"얘들 몇 놈 데려가시지 말입니다."

"됐어. 난 혼자가 편해."

"하지만……."

척!

백운은 부차의 어깨에 손을 얹었다.

"부차야."

"예, 전주님."
"죽지 마라?"
"전주님이 죽으면 죽겠습니다. 하니 죽지 마십시오."
"이럴 땐 말을 똑바로 하네. 그럼 이만 간다."
팟!
 백운은 능선 좌측 아래쪽으로 몸을 날렸다.
 산의 정상으로 향하는 여러 개의 길목 중 한 곳으로, 다른 곳은 철인족과 악마전이 병력을 나눠서 지키고 있었다.
"혼자십니까?"
 좌측 길목에 설무진이 있었다.
"너도 혼자잖아."
"혼자가 편해서요."
"나도 그래. 그나저나 이 양반은 어디로 간 걸까?"
"전투가 시작되면 나타나신다고 했으니 기다리시지요."
"조심해라."
"조심하십시오."
 대화가 끝나고 곧 주변은 질식할 것만 같은 정적 속으로 빠져들었다.
 아래쪽은 바람이 사납게 불어 댔지만 육부 능선 위쪽은 가느다란 수풀조차 흔들리지 않을 만큼 바람 한 점 없었다.

설무진은 대도를 손으로 문지르며 눈빛을 가라앉혔다.

'무슨 일이 있더라도 동이 틀 때까지 놈들을 이곳에 묶어 둬야 하는데…….'

설무진은 이곳으로 떠나오기 전에 군사 현진이 보였던 눈빛을 떠올렸다.

'우리 철인족을 식구로 여겨 주시니 그것으로 충분합니다.'

휘이잉!

바람이 점점 위쪽으로 올라오기 시작했다. 상대적으로 아래쪽보다 관목이 적은 탓에 숲이 흔들리는 정도가 훨씬 더 심했다.

'비라도 퍼부어 주면 좋으련만…….'

설무진의 바람이 하늘에 닿은 것일까?

빗줄기가 떨어지기 시작했다.

후두둑!

그렇게 시간은 점점 흘렀고, 잠시 후 아래쪽 능선의 숲을 헤치며 반군들이 모습을 드러내기 시작했다.

구구구구!

설무진은 입술을 좁혀 새소리를 냈다.

공격 임박을 알리는 신호였다.

'부디 아무도 죽지 않기를…….'

* * *

　육부 능선까지 올라선 금호는 그곳에서부터 조금 뒤로 빠졌다. 대신 그가 가장 믿는 정예들이 선두로 치고 나섰다.
　금호가 뒤로 빠지면서 병력에 둘러싸이자 지켜보던 황태의 미간에 주름이 잡혔다.
　'설마 매복을 예상한 건가?'
　금호가 시야에서 사라져 버리자 황태는 위쪽을 응시했다. 벌써 선두로 치고 나간 반군 일부가 육부 능선에 다다르고 있었다.
　'희생을 막으려면 최대한 빨리 수장의 목을 베야 한다. 그러자면……'
　위험을 무릅쓰고서라도 최대한 가까이 접근을 해야 했다. 황태는 마음을 먹기가 무섭게 금호가 자리하고 있으리라 추정되는 곳을 향해 접근했다.
　그때였다.
　까가강! 콰지직!
　"크아악!"
　"끄악!"
　위쪽에서 비명이 터지기 시작했다.

* * *

"대체 누가 우릴 공격한단 말이냐!"

난데없는 상황에 금호는 두 눈을 부릅뜨며 소리쳤다.

"철혈가가 우리가 올 것을 알고 매복을 한 것 같습니다!"

"철혈가가 어떻게!"

"침착하십시오! 설사 철혈가가 매복을 하고 있었더라도 병력이 얼마 되지 않을 겁니다. 주력이 대부분 북해빙궁과의 전장으로 빠져나갔으니 수로 밀어붙이면 됩니다!"

"서둘러라! 여기서 시간을 지체하면 만사가 수포로 돌아갈 수도 있다!"

"예!"

금호의 주변을 에워싸고 있던 자들이 바람처럼 산 위쪽으로 몸을 날렸다. 금호는 검을 뽑아 들며 뒤쪽을 향해 악을 썼다.

"뭣들 하느냐! 어서 능선을 오르지 않고!"

황태는 금호의 모습이 눈에 들어오자 그대로 숲 위로 뛰어오르며 검에 강기를 끌어올렸다.

치르륵!

그때였다.

바로 아래쪽에서 뛰어오르던 반군 일부가 황태를 가로막으며 나타났다. 의도한 것이 아니라 오르다 보니 마주치게 된 것이었다.

'이런……'

동선이 가로막힌 황태는 앞을 막아선 반군을 향해 공격을 퍼부었다.

퍼퍼퍽!

"크아악!"

"끄악!"

지척에서 비명이 터지자 열 명가량의 반군이 금호의 주변을 에워쌌다.

황태의 공격은 무자비했다.

검과 사람이 같이 갈라지며 날아가는 광경은 보는 이들로 하여금 공포심을 심어 주기에 충분했다.

황태는 다시 금호를 향해 달려들었다.

"놈이 총사를 노린다! 속히 막아라!"

"총사를 지켜라!"

금호의 주변을 에워쌌던 자들이 황태를 향해 달려들었다.

번쩍!

슈아악!

황태의 검이 허공을 가르자 강기가 길게 늘어지며 달려

드는 자들을 덮쳤다.

퍼퍼퍼퍽!

"끄악!"

"크아악!"

쐐애액!

황태는 사방에서 섬뜩한 기운들이 날아들자 허공에서 방향을 틀어 좌측으로 물러섰다. 뒤이어 나무를 박차고 얻은 반력을 이용해 다시 금호를 향해 달려들었다.

찰나의 순간 황태와 금호의 시선이 허공에서 얽혀들었다.

순간 황태는 어이가 없었다. 겁에 잔뜩 질린 금호의 두 눈을 본 것이었다.

'너 따위가 어떻게 반역을……'

* * *

설무진의 대도가 지나간 곳에 잘린 머리와 사지가 나뒹굴었다.

백운은 능선을 뛰어내려 올라오는 반군을 무더기로 쓸어버리고는 제자리로 올라섰다.

길목이 좁고 가파른 탓에 별다른 고수가 없는 반군은 고전을 면치 못했다.

실제로 두어 명밖에 오르기 힘든 탓에, 설무진과 백운이 각기 길목을 홀로 지키고 있음에도 누구 한 명 그들을 넘어서는 건 불가능했다.

콰지직!

"크아악!"

"끄악!"

다른 곳에서도 전투가 벌어졌다.

각각 좁고 가파른 길목을 막아선 철인족과 악마전은 위치를 바꿔 가며 반군과 싸웠다.

그들 역시 무력의 차이가 심했기에 늘어나는 것은 반군의 시체뿐이었다.

"잠시 저와 교대하시지 말입니다!"

부차가 백운이 있는 곳으로 달려왔다.

"멍청한 자식아! 너는 대원들을 도와야지!"

"다들 잘 싸우고 있지 말입니다."

씨익.

치아를 드러내며 웃는 부차.

같은 시각, 설무진에게도 용천이 달려갔다.

"잠시 제게 맡기시고 좀 쉬십시오!"

"네가 여길 오면 어떡해!"

"지형이 좁아서 놈들도 한꺼번에 셋 이상은 공격이 불가능합니다. 게다가 놈들의 무력이 걱정할 정도는 아닌 것 같으니 염려 마십시오!"

씨익.

용천이 이를 드러내며 웃었다.

이미 그의 전신은 피로 흥건히 젖어 있었다. 물론 반군의 피였다.

"우린 천하무적, 철인족이지 않습니까?"

* * *

삼만의 반군을 맞아 철인족과 악마전은 만부부당지용(萬夫不當之勇)의 정신으로 전투에 임했다.

지리적 이점을 백분 활용하고, 상대적으로 뛰어난 무력이 그것을 가능케 했다.

하지만 결국은 중과부적(衆寡不敵)의 양상으로 흘러갔다.

제아무리 강한 고수라도 결국은 피와 살로 이루어진 인간이었고, 공력이 심후하다 한들 한계는 존재했다.

"빌어먹을! 후욱!"

백운의 입술을 뚫고 거친 숨이 연신 흘러나왔다.

그가 지키고 선 길목 앞에 시신이 탑처럼 쌓여 있었다. 지금껏 누구도 그를 넘어서지 못한 것이다.

하지만 끝없이 밀려드는 적들로 인해 백운도 서서히 한

계를 향해 치닫고 있었다.

그나마 부차가 돌아가면서 맡아 주었기에망정이지, 그렇지 않았다면 이미 한계를 넘어섰을 터였다.

사정은 설무진과 다른 길목에 배치된 철인족과 악마전의 대원들도 마찬가지였다.

'빌어먹을······.'

황태의 두 눈에 초조함이 어렸다.

그는 아직도 금호의 지척으로 접근조차 하지 못한 상태였다. 워낙에 많은 병력이 금호의 주변을 에워싸고 있어서 그들 모두를 죽이기 전에는 접근은 불가능했다.

적어도 황태에게만큼은 좁고 가파른 지형이 단점으로 작용하고 있었다.

슈아악!

퍼퍼퍽!

"크아악!"

"끄악!"

달려든 적들을 무참히 베어 버린 황태는 호흡을 가다듬기 위해 뒤로 물러섰다. 그러고는 능선 위쪽을 살폈다.

곳곳에서 혈전이 벌어지고 있었다.

반군은 여전히 능선을 넘어서지 못하고 있었지만 황태는 모두가 지쳐 있음을 한눈에 알 수 있었다.

'더 버텼다가는 모두 죽음을 면치 못한다.'

쾅!

결국 황태는 금호를 포기하고 가장 위험한 상황에 처한 곳으로 몸을 날렸다. 다섯 명의 악마전 대원들이 맡고 있는 곳이었다.

번쩍!

슈아악!

황태의 검을 떠난 강기가 적들을 덮쳤다. 오직 능선을 돌파하기 위해 전진을 거듭하던 적들은 뒤에서 날아든 황태의 강기에 피를 뿌리며 날아갔다.

퍼퍼펵!

"크아악!"

"끄악!"

황태는 적들의 머리 위를 넘어서 악마전 대원들의 앞으로 떨어져 내렸다.

그의 가세에 적들이 주춤거리며 뒤로 물러섰다.

황태는 그때를 이용해 주변을 살폈다. 그러다가 백운과 시선이 마주쳤다.

"이쯤 시간을 끌었으면 충분한 것 같으니 이만 물러가는 게 좋겠소."

"더 막을 수 있습니다!"

황태는 고개를 저었다.

"여기서 죽느니 주군가로 올라가 함께 싸우는 것이 훨

하늘은 너희 편이 아니다 〈207〉

씬 더 도움이 될 거요. 하니 이만 물러갑시다."

황태의 그 말에 백운이 괴성을 지르며 대도를 휘둘렀다.

"우아악!"

콰지직!

"컥!"

"크윽!"

한 차례 맹공을 퍼부은 백운이 입에 호각을 물었다.

삐이익! 삐이익! 삐이익!

세 번의 호각성은 퇴각을 알리는 신호였다.

호각성이 울리자 능선 곳곳에서 혈전을 벌이던 악마전과 철인족들이 뒤로 물러서기 시작했다.

마지막으로 설무진과 백운이 정상을 향해 몸을 날리자 황태는 대원들을 돌아보며 지시했다.

"속히 뒤를 따라가게."

"함께 가지 않으십니까?"

"뒤를 따라갈 테니 어서!"

"예! 하면 주군가에 뵙겠습니다!"

"조심하십시오!"

황태는 금호가 있을 곳으로 추정되는 곳을 내려다봤다. 마침 병력 속에 숨어 있던 금호가 모습을 드러내고 있었다.

'너만큼은 내 손으로 죽인다.'

* * *

"능선을 돌파했습니다!"
"하면 속히 철혈가로 진격한다!"
우와아!
 금호는 함성을 지르며 능선을 올라가는 반군을 바라보며 미간에 땀을 훔쳤다.
 '혈가의 배신자가 이곳에 나타나다니……'
 금호는 황태를 알아봤었다. 그리고 황태가 얼마나 강한지 익히 알고 있었기에 그가 자신을 향해 다가오는 것을 본 순간 병력 속으로 몸을 숨길 수밖에 없었다.
 '소문, 그 이상이었다.'
 금호는 눈앞에서 수하들을 도륙하던 황태를 떠올리며 치를 떨었다.
"총사! 어서 오르시지요!"
"알았다."
 금호는 산의 정상을 향해 한 걸음 내디디려다가 눈빛을 가라앉히며 짙은 한숨을 내쉬었다.
 동쪽 하늘이 붉게 물들어 가고 있었다. 아침 해가 떠오르기 시작한 것이다.

'시간을 너무 끌었다.'

꽈악!

금호는 어금니를 악물며 소리쳤다.

"전속으로 진격하라!"

"전속이다!"

* * *

금호의 병력을 기다리며 숨 고르기에 들어간 동영.

풍천은 금호의 병력이 예상보다 늦어지자 초조함을 금치 못했다.

"아이들은 보냈느냐?"

"예. 경공이 빠른 아이들을 추려서 보내 두었으니 곧 있으면 그들과 만나게 될 것입니다."

"설마 무슨 일이 벌어진 건 아니겠지?"

풍천은 마음을 놓을 수가 없었다. 당장 북해빙궁과 서역무림이 어떻게 되었는지 모르니 시간이 흐를수록 그로서는 초조할 수밖에 없었다.

하물며 여기는 중원무림의 심장부나 다름없는 곳이지 않은가.

그때였다. 신풍조장 흑월이 모습을 드러내었다.

"어떻게 되었느냐!"

"놓쳤습니다."

"뭐라?"

"독의 위력이 워낙에 강력한 데다 정체 모를 놈이 하나가 더 있었습니다."

"한 놈이 더 있어?"

"예. 목격을 한 아이들의 말에 의하면…… 도검이 통하지 않는 신체에, 손으로 사지를 찢어 버릴 정도의 괴력을 지닌 놈이라고 했습니다."

쾅!

"이런 빌어먹을!"

어지간해서는 수하들 앞에서 감정을 잘 드러내지 않는 풍천이 발로 땅을 구르며 분통을 터트렸다.

현재 그의 속내가 어떠한지 여실히 보여 주는 장면이었다.

짜증이 섞인 눈으로 풍천과 흑월을 번갈아 쳐다보던 흑검이 나섰다.

"곧 있으면 동이 틉니다. 언제까지 그들을 기다릴 것이 아니라 우리에게 절대적으로 유리한 어둠이 가시기 전에 다시 공격을 해야지 않겠습니까?"

"동감입니다. 이렇게 시간을 지체하다가 적의 지원 병력이 도착하면 사면초가에 빠질 수도 있습니다."

흑월이 자신의 의견에 동조하고 나서자 흑검은 코웃음

을 쳤다.

흑월이 말을 이었다.

"허락하시면 속하와 신풍조가 침투를 시도해 보겠습니다. 저희가 성공하면 기관이 없는 정문을 열겠습니다. 그때를 이용해 총공격에 나서면 도움 없이도 충분히 철혈가를 무너뜨릴 수 있습니다."

"침투는 저희 신검조가 더 뛰어나니 저희에게 맡겨 주시지요, 전하."

풍천은 즉답을 하지 않았다. 하지만 바로 안 된다 말을 하지 않는 것을 보면 그도 흑월의 말에 어느 정도는 공감하고 있음을 의미했다.

잠시 침묵의 시간이 흘렀다.

하지만 그 시간은 오래가지 않았다.

"좋다. 대신 작전은 신검조가 맡는다."

"……!"

"감사합니다, 전하!"

머리를 조아린 흑검이 흑월을 향해 씩 웃어 보이고는 대원들이 있는 곳으로 향했다.

그런 흑검을 향해 흑월이 전음을 날렸다.

[공을 세우겠다는 마음을 앞세워 경거망동하지 말고 신중하게 임해야 한다. 우리 모두의 명운이 걸린 작전이다, 흑검.]

[쓸데없는 걱정은 집어치우고 정문이 열리는 거나 잘 지켜보시오. 후후후.]

흑월은 어둠 속으로 사라지는 흑검을 불안한 눈빛으로 바라봤다.

그때 풍천의 전음성이 그의 귓속으로 흘러들었다.

[너를 가볍게 쓸 수가 없어 신검조에게 맡긴 것이니 너무 섭섭해하지 말거라.]

"……!"

흑월은 한 차례 눈빛을 떨었다. 그러고는 풍천을 향해 깊숙이 머리를 조아렸다.

풍천의 전음성이 이어졌다.

[만약의 경우 최악의 상황에 처했을 때, 네가 내 곁에 함께 있어 줘야지 않겠느냐.]

바르르…….

눈동자의 떨림이 전신으로 이어졌다.

뒤이어 흑월의 눈가에 습기가 맺혔다.

그때였다.

휘리릭!

어둠 너머에서 인자 한 명이 바람처럼 떨어져 내렸다.

"정체 모를 병력이 북쪽에서부터 철혈가를 향해 내려오고 있습니다."

"북쪽이라고 하였느냐?"

"예. 방향으로 보아 항군은 아닌 듯합니다."
"……!"
풍천의 얼굴이 딱딱하게 굳어졌다. 주변의 모두가 그러했다.
한 수뇌가 놀람이 가득한 목소리로 말했다.
"철혈가를 지원하고자 내려오는 병력일 가능성이 매우 높습니다."
다른 자가 말했다.
"북해빙궁일 수도 있으니 일단 확인부터 해 보시지요."
"흑월, 네가 가서 확인해 보고 오너라."
"존명!"
흑월은 신풍조에게 명령부터 내렸다.
"혼자 다녀올 것이니 너희들은 전하의 곁을 지켜라."
"예, 조장."
팡!
흑월은 곧장 북쪽으로 몸을 날렸다.
어둠을 가르며 경공술을 펼치는 그의 속내는 한없이 무겁고 초조했다.
'제발 북해빙궁이나 서역무림이면 좋으련만…….'
하지만 흑월의 바람은 곧 산산이 깨졌다.
잠시 후 철혈가의 북쪽에 이른 흑월은 어둠 너머로 흐릿하게 보이는 깃발을 확인할 수 있었다.

'전가……!'

틀림없는 전가의 깃발이었다.

혹시나 싶어 주변을 둘러봤지만 모두가 다 전가를 상징하는 깃발이었다.

꽈악!

흑월은 어금니를 악물고는 풍천이 있는 곳으로 몸을 날렸다.

'행운이라 여겼던 항군과의 동맹이 오히려 악재로 작용하고 말았구나.'

항군의 합류를 기다리느라 초저녁부터 지금까지 금쪽보다도 더 귀한 시간을 허비하고 말았다. 차라리 항군의 존재를 몰랐더라면 어둠을 이용해 어떤 식으로든 공격을 했을 것이었다.

파파팟!

흑월은 아예 숲 위쪽으로 뛰어올라서는 전속력으로 달렸다.

그렇게 얼마를 이동했을까?

순간 전방 공간이 일렁거리며 기괴한 기운이 일어나자 흑월은 황급히 몸을 비틀며 방향을 틀었다.

그러자 기괴한 기운이 사라졌다.

'하마터면 진에 걸려들 뻔했구나.'

기괴한 기운은 진이 발동할 때 일어난 현상이었다.

간발의 차이로 진을 피한 흑월의 속도가 확 줄어들었다. 올 때와 다른 길을 선택하는 바람에 어디에 또 어떤 진이 있을지 모르니 한 걸음, 한 걸음을 조심할 수밖에 없었던 것이다.

*　*　*

 흑검이 선택한 곳은 동문이었다.
 다른 곳에 비해 나뭇가지가 담장 아래까지 늘어져 있어서 상대적으로 인술을 펼치기에 용이한 까닭이었다.
 [먼저 올라가라.]
 [예.]
 인자 하나가 먼저 담장 위로 소리 없이 뛰어올랐다. 주변을 둘러본 인자가 흑검을 향해 괜찮다는 수신호를 보내려 할 때였다.
 쐐애액!
 파공성과 함께 섬뜩한 기운이 인자를 향해 날아들었고, 인자는 황급히 몸을 비틀며 호신강기를 일으켰다.
 따다다다당!
 인자의 몸 주변에서 수많은 불꽃이 일었다.
 인자는 충격에 담장 아래로 내려서야 했다.
 "이쪽은 안 될 것 같습니다."

"빌어먹을……."

지켜보던 흑검의 얼굴이 일그러졌다.

쉽지 않으리라 예상은 했지만, 너무 빨리 발각되고 만 것이다.

그때였다.

화르륵!

철혈가의 담장에서 수백 개의 횃불이 일제히 불을 밝혔다. 그러자 흑검 등이 서 있는 담장 너머까지 불빛이 비치면서 대낮처럼 밝아졌다.

쐐애액!

또다시 일어난 파공성.

흑검의 입에서 당혹성이 터졌다.

"뒤로 물러서라!"

사사삭!

흑검과 신검조가 특유의 신법을 펼쳐 뒤쪽으로 물러섰다. 거의 동시에 그들이 서 있던 곳에 수백 개의 암기가 떨어졌다.

퍼퍼퍼퍽!

마지막은 폭발이었다.

쾅!

폭발에 이어 치솟은 불길이 흑검의 얼굴을 붉게 물들였다.

그때였다.

"키키키."

뒤쪽에서 괴성이 울렸다.

마치 귀신의 울부짖음과도 같은 섬뜩한 괴성에 흑검의 고개가 반사적으로 뒤를 향해 돌아갔다.

"……!"

횃불의 빛이 닿지 않는 어둠 너머에 두 개의 핏빛 눈동자가 두둥실 떠올라 있었다.

"키키키."

5장
풍천의 선택

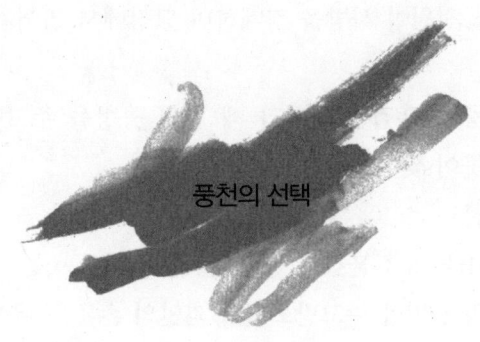

풍천의 선택

 어둠을 뚫고 튀어나온 손이 흑검의 목을 향해 날아들었다.
 흑검은 뒤로 물러서며 일도양단의 수법으로 괴인의 손목을 후려쳤다.
 따앙!
 "……!"
 흑검은 두 눈을 치뜨며 다급하게 외쳤다.
 "나서지 말고 주변을 경계해라! 독을 쓰는 놈도 함께 있을 것이다!"
 평소의 거칠고 사납던 성격과는 달리 지극히 냉철한 판단이었다.
 사사삭!

신검조 전원이 사방을 경계하며 담장에서 멀어지기 시작했다.

그 와중에 흑검은 괴인과 세 번의 공방을 주고받으며 장포 곳곳이 찢어졌다.

꽈과광!

'빌어먹을. 도검불침이 정말 존재했다니…….'

세 번의 공방을 주고받으면서 괴인의 손목을 두 번이나 후려쳤지만 그때마다 쇳덩이를 치는 것 같은 충격에 검을 쥔 손의 감각이 무뎌졌다.

"키키키."

"본대로 돌아간다!"

쾅!

흑검이 가장 먼저 땅을 박차고 뛰어올랐다.

바로 그때였다.

흑검은 허공을 가득 채우며 떠오르는 핏빛 연기를 볼 수 있었다. 그는 허공에서 몸을 틀어 핏빛 연기를 피하며 다급하게 소리쳤다.

"호흡을 멈춰라!"

신검조 모두가 핏빛 연기를 피해 몸을 날렸다.

흑검은 그냥 피하지는 않았다. 그의 검 끝에 맺혔던 강기가 핏빛 연기 너머를 향해 날아갔다.

퍽!

둔탁한 소리와 함께 핏빛 연기가 한 차례 크게 흔들리자 흑검은 쾌재를 불렀다.

'잡았다!'

번쩍!

"……!"

그때, 갑자기 일어난 몇 줄기 섬광이 흑검의 동공을 하얗게 물들였다. 섬광은 그가 아니라 신검조의 대원들을 향해 날아갔다.

"위험하다!"

퍼퍼퍽!

"크악!"

"우악!"

두 명의 신검조가 피를 뿌리며 쓰러졌다.

잡았다고 여겼다가 수하가 꼬꾸라지는 것을 본 흑검은 검에 전력을 담아 섬광이 날아든 곳을 향해 다시 일검을 날렸다.

그때였다.

"……!"

흑검은 등 뒤에서 날아드는 한 줄기 섬뜩한 기운을 느꼈다.

'위험하다!'

위기감을 느낀 흑검은 검을 거둬들이며 혼신의 힘을 다

해 땅을 굴렀다.

하지만 거기서 끝이 아니었다. 그대로 허공을 가르고 지나갔어야 할 기운이 여전히 자신을 쫓아오는 것이 아닌가.

'대체 이게 무슨……..'

퍽!

흑검은 다리에서 전해지는 묵직한 충격에 두 눈을 부릅떴다. 그런 그의 두 눈에 피를 뿌리며 떨어져 나가는 왼쪽 다리가 선명하게 맺혔다.

찰나의 순간에 흑검의 머릿속에 그동안의 삶이 주마등처럼 스치며 지나갔다.

이후는 죽음보다 더한 절망이었다.

다리를 잃은 인자는 죽은 것이나 다름없었다. 그리고 인자로서의 능력을 상실한 건, 평생을 꿈꿔 왔던 야망도 물거품이 되었음을 의미했다.

"크아아!"

흑검의 입을 뚫고 괴성이 터졌다. 고통과 공포가 아닌 모든 것을 잃은 자의 처절한 울부짖음이었다.

그런 흑월의 앞으로 나서는 이가 있었다.

연후였다.

쉬지 않고 달려온 까닭에 뜨겁게 달구어진 그의 전신에서 하얀 수증기가 안개처럼 피어오르고 있었다.

퍽!

"컥!"

연후는 흑월의 등에 검을 꽂았다.

검은 흑월의 육신을 꿰뚫고 땅속 깊숙이 박혔다.

카가각!

"크악!"

"으악!"

연후는 신검조를 학살하고 있는 백무영과 철우, 악소등을 향해 싸늘히 외쳤다.

"한 놈은 살려 놓아라."

신검조는 신풍조와 더불어 동영 최강의 인자 집단이었다. 하지만 지금 그들이 감당해야 할 상대는 천하 어디에 가더라도 한 지방의 패주가 되고 남을 존재들이었다.

으드득!

"끄으……."

최후까지 용맹하게 맞섰던 신검조의 대원 하나가 백무영의 손에 목을 내줬다가 그대로 뽑혀 버리는 것으로 학살은 막을 내렸다.

으드득!

"크아악!"

유일한 생존자의 입에서 처절한 비명이 터졌다. 악소가 그의 오른팔을 뽑아 버린 탓이었다.

연후는 검이 몸에 박힌 채 꿈틀거리는 흑검을 내려다보며 손을 뻗었다.

푹!

검을 뽑은 연후는 이내 흑검의 목에 검을 가져가며 고통에 신음하는 신검조원을 향해 무심히 말했다.

"이놈의 목을 너희 주인, 풍천에게 전해라."

* * *

정체불명의 병력이 전가임을 확인하고 풍천이 있는 곳으로 돌아가던 흑월은 철혈가 주변에서 비명이 터지자 거목 위로 조용히 내려섰다.

그러고는 이내 눈빛을 떨었다.

파르르…….

등에 검을 꽂은 채 땅에 엎드려 있는 흑검.

그리고 주변을 나뒹구는 신검조의 시신들이 그의 두 눈에 비수처럼 파고들었다.

하지만 그를 무엇보다 놀라게 만든 것은 바로 연후의 존재였다.

흑월은 비명이라도 터트리고 싶은 심정이었다.

'……북해빙궁이 패했단 말인가!'

그게 아니라면 연후가 이곳에 나타날 리가 없었다.

흑월은 온몸의 피란 피가 모조리 얼어붙는 기분이었다. 더불어 처절하게 변할 자신과 동영의 미래가 머릿속을 꽉 채우기 시작했다.

'결국 이렇게 끝나는 건가. 이렇게…….'

그때 흑검의 머리가 몸에서 분리되었다.

흑월은 차마 쳐다볼 수 없어 고개를 돌렸다. 그토록 미웠던 흑검이라지만 혈육의 정은 원망보다 더 깊었다.

주르륵.

흑월의 뺨을 타고 눈물이 흘러내렸다. 그리고 다시 눈을 떴을 때, 그의 동공은 핏빛 살광으로 충만해 있었다.

'이연후…….'

* * *

"이연후가 돌아왔습니다."

흑월의 그 말에 풍천을 비롯한 모두가 경악했다. 흑월은 곧장 말을 이었다.

"정체불명의 무리는 전가였고, 이연후가 왔다면 혈왕군도 왔을 터이니……."

흑월의 입술이 바르르 떨렸다.

뒤이어 차마 하고 싶지 않은 말을 이었다.

"항군이 합류한다 하여도 절대적으로 불리할 수밖에

없으니 속히 안전한 곳으로 물러가야 할 것 같습니다."

 빠악!

 치아에 눌린 풍천의 입술이 파리하게 죽어 갔다.

 그의 부릅뜬 두 눈이 어느새 붉게 충혈되었다.

 "항군의 등장이 우리에게 더없는 행운이라 여겼거늘, 오히려 돌이킬 수 없는 악재가 되고 말았구나."

 항군을 기다리느라 허비한 시간이 비로소 통한으로 다가왔다.

 "바닷길이 막혔으니 우리에게 안전한 곳이 과연 존재할까?"

 풍천의 목소리가 한없이 가라앉았다.

 그에게서 체념의 기운을 읽은 흑월이 결연한 어조로 말했다.

 "중원에 그럴 만한 곳이 딱 한군데가 있습니다."

 "그곳이 어디란 말이냐?"

 "십만대산입니다. 그곳은 산세가 험하고 광활하여 한 번 들어가면 누구도 쉽사리 찾을 수 없으며, 또한 백야벌과 팔대가문의 영향권에서 벗어난 곳이라 쉬이 쫓지 못할 것입니다. 게다가 최근 들어 마교라는 집단이 그곳에서 세력을 불리고 있는데, 그들을 집어삼켜 휘하에 둘 수만 있다면 충분히 후일 도모할 수 있을 것입니다!"

 "……."

"전하, 한시가 다급하니 속히 결단을 내리셔야 합니다."

콰악!

풍천이 두 손으로 얼굴을 감쌌다.

경련을 일으키는 두 손이 그의 속내가 어떠한지를 여실히 보여 주고 있었다.

하지만 고뇌의 시간은 길지 않았다.

벌떡!

"십만대산으로 내려간다."

그때였다.

"전하!"

신검조 하나가 장내로 뛰어들었다. 그런 그의 가슴에 피가 뚝뚝 떨어지는 흑검의 수급이 안겨 있었다.

"조장께서…… 이연후의 손에 목숨을 잃으셨습니다! 크흑!"

바닥에 엎드리며 통곡하는 신검조.

하지만 풍천의 눈빛은 예상과는 달리 차갑기 짝이 없었다.

"주인을 잃고 혼자서 살아 돌아오다니. 여봐라! 당장 이놈의 목을 베어라!"

"예."

풍천의 뒤에서 한 중년인이 앞으로 나서더니 신검조의

풍천의 선택 〈229〉

목을 베었다.

"서둘러라."

풍천은 흑검의 수급에 눈길조차 주지 않은 채 돌아섰다. 흑월의 눈빛이 미세하게 흔들렸지만 아무도 그것을 보지는 못했다.

풍천의 목소리가 그의 귓속을 후벼 팠다.

"흑검의 수급은 네가 알아서 처리해라."

"예."

흑월은 장포를 벗어 흑검의 수급을 감쌌다. 그러고는 수하에게 건넸다.

"잃어버리지 마라."

"예, 조장."

* * *

"후욱!"

백운의 입술을 뚫고 거친 숨이 토해졌다.

곁을 함께하는 설무진의 얼굴도 창백하게 변해 있었다. 이미 한계를 넘어선 그들에게 남은 것이라고는 의지뿐이었다.

그나마 멀쩡한 이는 황태뿐이었다.

그런 그들의 뒤로 금호가 이끄는 항군이 맹렬히 달려오

고 있었다.

"빌어먹을!"

백운은 시간을 더 끌지 못한 것을 자책하고 있었다. 설무진도 철인족도 악마전도 그러했다.

황태가 그들을 위로했다.

"동이 텄으니 충분히 할 만큼 했소. 하니 이제는 주군가로 달려가 기력을 회복한 뒤에 함께 싸우는 것이 우리가 할 일이오."

"크악!"

백운이 하늘을 향해 포효했다.

모두가 불가능하다 여겼던 작전을 성공리에 마쳤음에도 백운은 만족하지 못했다. 그의 성향이 그러했다.

한편 철혈가를 향해 진격을 개시한 금호는 떠오르는 태양을 응시하며 불안감에 눈빛을 떨었다.

'시간이 너무 지체되었다. 만약 철혈가에 지원 병력이 합류했다면……'

복수심만 가득했던 금호의 머릿속이 혼란스럽게 변하기 시작했다.

혼란과 불안감은 지금껏 절치부심하며 단단히 다져 온 복수심마저 옅어지게 만들고 있었다.

그 와중에 저 멀리 철혈가로 이어지는 대로가 보이기

시작했다. 이제 산을 내려가 대로를 타고 올라가면 곧장 철혈가가 나올 터였다.

'어차피 돌아가지 못할 다리를 건넜다. 죽는 한이 있더라도 이대로 밀어붙인다.'

꽈악!

금호는 어금니를 악물어 약해져 가던 복수심을 일깨웠다.

"경공이 빠른 아이를 보내어 동영에게 우리가 왔음을 알려라!"

"예!"

금호의 측근 두 명이 먼저 뛰쳐나갔다.

그때였다.

"총사! 저기를 좀 보십시오!"

"헉!"

금호의 주변에서 경악성이 터졌다. 잠시 혼란을 억누르기 위해 눈을 감았던 금호 역시 이내 두 눈을 부릅뜨며 엉덩방아를 찧었다.

털썩!

"이럴 수가……."

* * *

"놈들입니다."

철우가 전방을 가리키며 말했다.

연후는 산을 내려오는 금호의 반란군을 응시하며 눈빛을 가라앉혔다.

하지만 그의 시선은 이내 벌판을 가로지르며 달려오는 백운과 설무진 등을 향했다.

군사 현진이 곁으로 나서며 말했다.

"저들이 시간을 끌어 준 덕분입니다. 하물며 모두가 다 무사한 것 같습니다!"

현진의 목소리가 가늘게 떨렸다.

돌아올 수 없을 거라 여겼던 모두가 무사히 돌아오고 있었다.

"으하하!"

백운의 웃음소리가 이곳까지 들렸다.

연후는 시선을 들어 다시 금호의 항군을 응시했다.

그는 동영이 아닌 항군을 먼저 뒤쫓기로 택했다. 어차피 바닷길이 막힌 이상 동영이 도망칠 길은 없을 거라는 판단에서였다.

설사 그들이 중원의 모처로 숨어든다 해도 언제든 찾아낼 자신도 있었다. 해서 당장은 반역을 진압하는 것을 선택했다.

전염병과도 같은 반역은 초기에 진압하는 것이 최선이다. 그래야 어디선가 돋아나고 있을지도 모를 또 다른 반역의 씨앗을 사전에 밟아 놓을 수 있으리라.

반역을 걱정해야 함은 세상이 북천이라고 부르기 시작하면서 필연적으로 따르게 된 숙명과도 같은 것이었다.

태고 이래로 명멸(明滅)해 간 수많은 왕조가 반역으로 무너졌음은 주지의 사실이었다.

연후는 신휘를 돌아봤다.

이어진 혈전으로 말라붙은 피가 묻어 있는 신휘의 얼굴은 토인을 연상시켰다. 하지만 드러난 두 눈은 평소와 조금도 다르지 않았다.

그가 씩 웃으며 말했다.

"시작할까?"

"투항을 하면 받아 줘라."

"그럴 필요가 있을까?"

"살려 준다는 뜻이 아니다."

스르릉.

연후는 천천히 검을 뽑았다.

"투항을 하면 피해 없이 보다 손쉽게 죽일 수 있다."

씨익.

신휘가 이를 드러내며 다시 웃었다.

그런 그의 치아가 상아보다 더 희게 빛났다.

"주군의 명에 따르겠소. 후후후."

* * *

사사삭!

금호의 얼굴에서 피가 흘렀다.

정신없이 도망치면서 나뭇가지와 수풀에 긁힌 상처가 제법 깊었지만 그는 고통조차 느낄 여유가 없었다. 심지어는 머리카락 한 올 없는 머리에서도 피가 흘러내렸다.

그런 그를 따르는 병력은 채 일천이 되지 못했다. 나머지 병력의 생사는 금호조차도 알 수가 없었다.

신휘와 함께 혈왕군이 달려오자 그토록 비장하고 결연했던 모두가 두려움에 떨기 시작했고, 북부군단의 정예가 뒤를 이어 나타나자 전의를 상실했다.

전투가 시작되기도 전에 벌어진 일이었다.

이후의 결과는 굳이 말할 것도 없었다.

'이렇게 허무하게 끝나다니…….'

금호는 현실을 인정하고 싶지 않았다.

연후가 나타나면서 그 역시도 두려움에 치를 떨었지만 그래도 마지막까지 싸우다가 죽기를 각오했다.

하지만 다른 이들은 그러지 못했다.

'빌어먹을…….'

주르륵.

금호의 뺨을 타고 눈물이 흘러내렸다. 진하디진한 선홍

색 피눈물이었다.

하지만 금호는 결코 삶은 포기할 수 없었다. 후일을 도모하기 위해서라도 어떻게든 살아남아야 했다.

파파팟!

금호는 무작정 남쪽을 향해 달렸다. 조금만 더 가면 이곳까지 올라오면서 타고 왔던 전마가 있었다.

"으흐흑!"

"으허헝!"

뒤를 따르던 자들에게서 통곡이 터졌다.

금호는 어금니를 악물며 그들을 향해 소리쳤다.

"그치지 못할까!"

"이렇게 도망친다 한들 철혈가주의 추격을 어떻게 피할 수 있겠습니까! 이제 우린 죽은 목숨이나 다름없습니다! 으허헝!"

"차라리 항복을 합시다!"

"멍청한 소리! 그자가 두 번을 봐줄 거라고 보느냐! 항복하는 순간 목이 날아간다는 것을 왜 모르느냐!"

그때였다.

쐐애액!

전방에서 파공성이 일었다.

반사적으로 치뜬 금호의 두 눈에 허공을 가르며 날아오는 화살 한 발이 보였다.

화살은 금호의 얼굴을 스치듯 지나가 바로 뒤를 따르던 자의 미간을 꿰뚫었다.

퍽!

"크악!"

　　　　　＊　＊　＊

"맞아. 두 번 용서는 없지."

서백은 나지막이 중얼거리며 뒤를 돌아봤다. 전마가 있는 곳에 연후를 비롯한 모두가 모여 있었다.

잠시 후, 숲을 헤치며 나선 금호는 경악하며 그 자리에 쓰러지듯 엉덩방아를 찧었다.

뒤를 따르던 자들이 황급히 멈추려다가 서로 뒤엉키며 쓰러지는 사태가 벌어졌다.

그야말로 오합지졸의 모습에 연후는 더 분노했다. 그는 이미 항군 총사 배염이 죽었음을 확신하고 있었다.

배염은 그가 무척이나 신뢰했던 사람이었다.

비록 서역무림 출신이었지만 그의 기개에 감탄을 한 적이 한두 번이 아니었고, 뛰어난 식견에 온화한 성품까지 갖추고 있어서 능히 항군을 잘 이끌어 줄 거라 믿었다.

그랬기에 총사라는 요직에 앉혔던 것인데…….

'너희 따위가 죽여선 안 될 사람이었다.'

연후는 앞으로 나섰다.
금호를 비롯한 일천의 항군은 다가오는 그를 보면서도 어쩔 줄을 몰라 했다.
연후는 금호를 직시하며 물었다.
"배 총사를 죽였느냐?"
"……!"
금호가 대답을 하지 않자 연후는 시선을 들어 망연자실한 표정으로 늘어서 있는 자들을 응시했다.
"다시 묻겠다. 배 총사를 죽였느냐?"
그때였다.
"저, 저희는 그저 저자가 시키는 대로 했을 뿐입니다! 배 총사님은 저자가 독살했습니다!"
한 항군이 금호를 지목하며 울부짖었다.
"하, 항복하겠습니다!"
"제발 목숨만은, 목숨만은 살려 주십시오, 주군!"
오백에 달하는 자들이 일제히 무기를 버리고 땅에 무릎을 꿇었다. 그러자 머뭇거리던 자들까지 하나둘 무릎을 꿇기 시작했다.
연후는 금호를 향해 다가가며 다시 물었다.
"너도 항복하겠느냐?"
"네놈에게 항복을 하느니 차라리 죽고 말겠다! 내 죽어서 귀신이 되어서라도 네놈을 용서치 않을 것……."

딴에는 결연하게 부르짖던 금호가 돌연 목을 움켜쥐며 휘청거렸다.

"컥!"

그런 그의 곁에 철우가 유령처럼 모습을 드러내었다. 그에게 혈도를 제압당한 금호가 짚단처럼 꼬꾸라져서는 벌레처럼 바둥거렸다.

그것을 신호로 북부군단의 정예들이 항군 주변을 포위했다.

"크악!"

"으악!"

몇몇이 두려움에 바들바들 떨다가 산으로 도주하려다가 피를 뿌리며 꼬꾸라졌다.

"뒤지기 싫으면 가만히 있어라?"

백운과 악마전, 그리고 설무진과 철인족이 숲에서 모습을 드러냈다.

연후는 동방리를 돌아봤다.

"먼저 돌아가 있으시오."

"……알았어요."

동방리는 순순히 연후의 말에 따랐다. 그녀는 연후가 무엇을 하려는지 짐작하고 있지만 말릴 수도, 말려서도 안 될 상황이라 여겼다.

"나중에 봬요."

"알겠소."

서령이 동방리와 함께 먼저 떠났다.

연후는 잠시 동방리의 뒷모습을 지켜보다가 악소를 돌아보며 명령을 내렸다.

"시작해라."

"예."

악소가 병력이 집결해 있는 곳으로 몸을 날렸다.

잠시 후 무사들이 전마들을 한곳으로 몰아내고 땅을 파기 시작했다.

그것이 무엇을 의미하는지 깨달은 항군들이 울부짖기 시작했다.

하지만 연후의 눈빛은 점점 더 차갑게 식어 갈 따름이었다.

현진이 다가왔다.

그가 아무 말이 없자 연후는 먼 곳을 응시하며 무심한 어조로 물었다.

"말리고 싶나?"

"아닙니다."

"뜻밖이군. 너는 말릴 줄 알았는데……."

"이제 천하가 우리 북부무림을 북천이라 부르기 시작했습니다. 무림의 역사에 없었던 일이지요. 비록 그 시작이 피로 물든다 하더라도 이후의 태평성세를 생각한다면 저들 모두를 죽여 일벌백계의 본으로 삼으심이 마땅합니다."

연후는 현진을 직시하며 그의 어깨에 손을 얹었다.

척.

"고맙다, 현진. 너를 믿었고, 네가 버텨 주었기에 적들을 물리칠 수 있었다."

"저 역시 주군께 감사드립니다. 주군의 용단 덕분에 세상이 평화를 되찾을 수 있었습니다. 감히 부탁드리자면…… 부디 이후에도 이 세상을 평온케 해 주십시오. 오직 주군만이 하실 수 있는 일입니다."

"그러자면 조금 더 피를 봐야 한다."

그 말에 현진이 옅은 미소를 머금었다.

"그것까지는 이해해 드리겠습니다."

연후도 웃었다.

하지만 그 웃음은 결코 오래가지 않았다. 이제 곧 무림의 역사에 없을 잔혹한 명령을 내려야 했다.

하지만 주저하고 싶지 않았다. 후회하고 싶은 생각도 없었다.

'북부의 모두를 위해서라면 얼마든지…….'

* * *

전운이 걷힌 철혈가.

쇄락일로를 치닫던 선주 이염의 시대에서도 적이 본가까지 쳐들어왔던 적은 없었기에 모두의 놀람은 이만저만이 아니었다.

하지만 적은 물러갔고, 전투는 완벽한 승리로 막을 내렸다. 현진의 진법과 기관이 만들어 낸 압승이었다. 모두는 안도했고 환호했다.

하지만 그러지 못한 사람들도 있었다. 바로 적인회를 비롯한 전가의 무사들이었다.

벌컥벌컥!

적인회는 독주를 병째 들이켰다. 그에게 철혈가의 승리는 아무런 의미도 없었다.

그가 원하는 것은 오직 동영을 궤멸시키는 것이었다. 하지만 동영은 사라졌고, 남은 것은 허탈함과 분노뿐이었다.

"왜 이렇게 늦는 것이냐!"

"조금만 기다려 보시지요."

벌컥벌컥!

적인회가 술병을 다 비워 갈 쯤이었다.

"가주!"

무사 한 명이 황급히 뛰어 들어왔다.

"찾아내었느냐?!"

"놈들이 남쪽으로 내려갔다고 합니다!"

적인회의 눈에서 불꽃이 일었다.
"남쪽이면 보나 마나 바다로 향할 테지."
쾅!
탁자를 내리치며 벌떡 일어선 적인회가 옆에 세워 놓았던 검을 챙기자, 측근이 조심스럽게 말하고 나섰다.
"대지존의 허락을 먼저 구해야지 않겠습니까?"
"네가 남아 있다가 우리의 뜻을 전하거라."
"……!"
적인회는 밖으로 나섰다.
철혈가의 담장 너머에 임시로 세운 군영에 전가의 병력들이 모여 있었다.
적인회는 정문이 아닌 담장을 훌쩍 뛰어넘었다.
"동영의 행적을 찾았다! 놈들을 쫓을 것이니 서둘러라!"
"예!"
잠시 후 적인회는 전가의 병력을 이끌고 철혈가를 나섰다.
장로원주 사마송이 적인회를 배웅했다. 전가가 동영에게 당한 일을 알고 있었기에 그는 함부로 말릴 수가 없었다. 자신 또한 그런 참화를 당했다면 이러했을 테니까.
"조심하시오, 가주."
"연이 닿으면 다음에 보십시다."
사마송은 떠날 준비를 마친 병력에게로 향하는 적인회의 뒷모습을 응시하며 나지막이 한숨을 내쉬었다.

"저 병력만으로 동영을 상대할 순 없을 텐데……."

그때였다.

"잠깐만 기다리시오!"

한 줄기 굵직한 음성이 울리자 적인회가 걸음을 멈추고 돌아섰다. 누군가 사마송의 옆으로 다가왔다.

이정무였다.

"동영을 쫓을 생각이오?"

"그렇소."

"그럼 같이 갑시다."

"……!"

"우리도 놈들에게 갚아야 할 빚이 꽤 있어서……."

이정무는 사마송을 돌아보며 말을 이었다.

"우리도 내려가 봐야 할 것 같습니다."

"진정 동영을 쫓아가려 하십니까?"

"예. 말씀드렸다시피 우리도 저들만큼이나 놈들에게 갚아 줘야 할 빚이 많아서……. 대지존에게는 원주께서 잘 말씀드려 주십시오."

"알겠습니다. 하면 부디 몸조심하십시오, 대장군."

* * *

철혈가의 북문.

담장 위에 서 있는 박찬이 뭔가를 응시하며 눈빛을 떨었다.

흔들리는 그의 동공을 가득 메운 것은 숲 저편에 서 있는 육손의 모습이었다.

육손도 박찬을 응시하고 있었다.

"왜 그랬습니까?"

"놈들이 미워서요."

"아무리 그래도 스스로 독인이 되기를 선택하다니요."

박찬의 눈가가 축축하게 젖어 갔다. 짧은 시간 정이 들 대로 들어 버린 육손의 처지가 가슴 아팠던 것이다.

"정상으로 돌아올 방법은 아세요?"

박찬의 그 말에 육손은 처연하게 웃으며 고개를 저었다. 그 모습에 박찬이 기어코 눈물을 왈칵 쏟았다.

육손의 눈가도 습기가 맺혔다.

그때였다. 박찬의 뒤에서 김철이 올라섰다.

그는 무슨 말을 하려다가 분위기를 깨닫고는 잠시 입을 다문 채 박찬과 육손을 번갈아 응시했다.

"제 고향에 독과 관련한 고서가 꽤 있는데, 돌아가서 정상으로 되돌릴 방법을 꼭 찾아볼게요! 그때까지 절대 이상한 마음먹지 말고 기다려 주세요!"

"그럴게요."

"약속해요!"

"약속할게요."

지켜보던 김철이 박찬의 어깨에 손을 얹으며 무거운 어조로 말했다.

"떠나야 한다."

"떠나? 어디로?"

"동영 놈들을 쫓아 남쪽으로 내려가신다고 하더라. 다들 기다리고 있으니 그만 가자."

박찬은 다시 육손을 향해 소리쳤다.

"반드시 방법을 찾아 돌아올게요!"

평소였다면 놀렸을 김철도 지금은 무거운 표정으로 육손을 바라볼 뿐이었다.

'저 친구에게 그런 면이 있었다니⋯⋯.'

처음 육손의 사정을 들었을 때 박찬만큼이나 놀랐던 사람이 바로 김철이었다.

김철은 육손을 향해 손을 흔들었다.

"다음에 또 봅시다."

"안녕히 가세요."

"가자."

김철이 먼저 돌아섰다.

박찬은 몇 걸음 걷다가 뒤돌아보기를 반복했다.

육손은 점점 멀어지는 박찬을 응시하며 힘없이 중얼거렸다.

"저 사람이 나하고 많이 닮았대. 난 아니라고 생각했는데, 오늘 보니 정말 많이 닮은 것 같기도 하네. 그래서 헤어짐이 더 가슴 아픈 것 같아."

"키키키."

육손의 곁에 괴인이 앉아 있었다.

옷을 갈아입지 않은 까닭에 괴인이 걸친 옷은 피가 말라붙어 시커멓게 변해 있었다.

괴인은 마치 육손의 말귀를 알아듣기라도 한 듯 박찬을 응시하며 이상한 소리를 냈다.

"넌 항상 내 곁에 있어야 해. 알았지?"

"키키키."

"약속해."

육손이 손가락을 내밀자 괴인도 갈고리 같은 새끼손가락을 내밀었다.

"키키키."

육손은 새끼손가락을 건 채로 남쪽으로 시선을 던졌다. 그의 두 눈이 이내 아련하게 젖어 갔다.

"정말 정상으로 돌아갈 수 있을까?"

6장
숨 고르기

숨 고르기

와아아!

철혈가가 뜨겁게 달아올랐다.

정문이며 지붕이며 할 것 없이 모든 이들이 몰려나와 돌아오는 연후를 향해 환호성을 터트렸다.

철혈가로 이어지는 대로에도 수만 명이 넘는 인파가 몰려나와 돌아오는 주군을 반겼다.

전쟁이 시작된 이후 실로 오랜만의 귀환이었기에 돌아오는 사람도, 맞이하는 사람도 격정에 휩싸였다.

장로원주 사마송은 눈시울을 붉혔다.

이제 연후는 철혈가의 가주이자 북부무림의 주군을 뛰어넘어 백야벌의 대지존이며, 세상이 북천이라 부르기 시작한 새로운 시대의 군주였다.

'보고 계십니까? 당신께서 내치신 저분이 이 세상의 진정한 군주가 되셨습니다.'

평생을 고군분투하다가 떠난 선주 이염을 떠올린 사마송은 결국 눈물을 쏟았다.

그의 곁에 서 있는 동방리도 눈시울을 붉혔다. 새삼스러울 것도 없건만 환호하는 사람들을 보니 격정이 치민 것이다.

다만 서령의 표정은 묘했다. 그녀는 전마에 올라 오연한 자세로 다가오는 연후를 응시하며 코끝을 한 차례 찡긋거렸다.

'복수는 완전히 물 건너갔네. 쳇.'

여전히 복수를 꿈꾸고 있었던 걸까? 아니면 또 다른 의미의 복수일까?

서령은 동방리를 응시하며 빙그레 웃었다.

"가슴이 벅차신가 봐요?"

"매일같이 곁에서 지켜본 분인데…… 오늘만큼은 전혀 다른 사람처럼 보이네요."

"얼른 가 보셔야죠?"

동방리가 고개를 저었다.

"제가 나설 자리는 아닌 것 같아요."

"무슨 말씀을. 이젠 북부의 모두가 주모(主母)라 여기고 있으니 어서 가 보세요."

서령의 말을 들은 사마송도 두 손을 앞으로 내밀며 말

했다.

"어서 가 보시지요."

"……."

동방리가 떠밀리다시피 하며 앞으로 나서자 함성이 더 커졌다. 지켜보던 동방세가의 식솔들이 눈물을 훔쳤다.

사마송이 동방리의 뒤를 따랐다. 평소 눈물이 많은 그는 연신 옷소매로 눈가를 훔쳤다.

잠시 후 연후가 전마에서 내려 사마송을 향해 포권을 취했다.

사마송이 머리를 조아렸다.

"어서 오십시오, 주군."

연후는 동방리와 함께 나란히 정문을 향해 걸었다. 한 걸음 내디딜 때마다 새로운 세상을 향해 나아가는 것 같은 기분이 들었다.

하지만 그는 잊지 않았다.

전쟁은 아직 끝나지 않았다는 것을.

* * *

훌쩍.

육손은 서문 뒤쪽의 숲에 올라 철혈가의 정문을 내려다보며 눈물을 훔쳤다. 마치 자신이 개선장군이 된 것처럼 가슴이 벅차올랐다.

한편으로는 저곳에 함께할 수 없는 자신의 처지에 가슴이 너무 아팠다.

키키키.

괴인이 육손을 향해 이상한 소리를 냈다. 그 소리가 마치 울지 말라고 하는 것 같았다.

감정이 격해졌을까?

육손은 이내 무릎에 얼굴을 묻고는 미동조차 하지 않았다.

휘이잉.

한 줄기 바람이 육손의 머리카락을 부드럽게 쓸고 지나갔다.

키키키.

괴인이 육손의 어깨를 잡고 흔들었다.

그제야 육손은 무릎에 파묻었던 얼굴을 들었다. 그러고는 소스라치게 놀라며 벌떡 일어섰다.

"주군……."

연후가 저만치 앞에 있었다.

"……가까이 오시면 위험합니다. 제 독은 만독불침도 소용이 없습니다."

"여기 있으마."

연후는 육손과 십 장 정도의 거리를 둔 채 육손을 직시했다.

찌이잉.

가슴 한쪽이 아려 왔다. 누구보다 착한 녀석이 감히 누구도 하지 못한 잔혹한 일을 했다.

그 대가는 너무 혹독했고, 결국 모두에게서 스스로 멀어지게 만들었다. 연후는 그 모든 것을 자신의 탓이라 여겼다. 그러했기에 가슴이 더 아팠다.

"미안하다, 육손."

"아닙니다. 다 제가 선택한 것인걸요."

"정상으로 돌아올 방법을 찾아보마. 하니 이렇게 떨어져서 서로를 대하더라도 절대 우리의 곁을 떠나는 일은 없어야 한다. 알겠느냐?"

"……."

"대답해라, 육손."

"……예. 그렇게 하겠습니다."

그때였다.

휘리릭!

연후의 곁으로 모두가 떨어져 내렸다. 송영과 서위량은 육손을 보자마자 눈물을 쏟았다.

육손이 그들을 향해 애써 웃어 보였다.

"다들 무사하셨군요. 다행입니다."

"밥은! 밥은 먹고 다니냐!"

송영이 눈물을 훔치며 큰소리로 물었다.

"그럼. 나도 사람인데."

주르륵.

육손의 뺨을 타고 흐르는 눈물이 모두의 가슴을 비수처럼 헤집어 놓았다.

연후가 말했다.

"네가 머물 만한 곳이 있다. 당분간은 그곳에서 지내도록 해."

"전 그냥 숲에서 지내는 게 편합니다."

"내가 안 편해서 그래."

연후는 괴인을 응시하며 말을 이었다.

"저 녀석이 있어서 덜 심심하겠군."

"예. 덕분에 덜 외롭습니다."

"그럼 저 녀석과 함께 따라오거라."

연후는 모두에게 따라오지 말라는 지시를 내리고는 북문 뒤쪽의 산으로 몸을 날렸다.

육손은 송영을 비롯한 모두를 차례차례 응시하고는 괴인과 함께 연후를 쫓아 몸을 날렸다.

잠시 후 연후가 도착한 곳은 형의 봉분이 있는 폭포수 근처였다.

콰아아.

연후는 굉음을 내며 떨어지는 폭포수를 가리켰다.

"저 안으로 들어가면 동굴이 있다. 밖에서 보는 것과는 달리 습하지 않고, 바람과 볕도 잘 통하니 제법 지낼 만할 거다. 생활에 필요한 물건은 곧 가져다주마."

"저 무덤은……."

"내 형이다."

"아……."

"조금 전에 한 약속…… 네가 떠나면 모두가 힘들어할 테니 지켜 줄 거라 믿고 있겠다."

육손은 대답 대신 웃었다. 아무리 독인이 되었어도 그의 웃음은 여전히 소년처럼 해맑았다.

"필요한 거 있으면 말해."

"독과 관련된 고서가 있으면 좋겠습니다. 이렇게 주군을 뵙고 친구들도 보니까…… 하루라도 빨리 정상으로 돌아가고 싶은 마음이 커졌습니다."

다행이었다. 육손이 이러한 의지를 가진 것만으로도 연후는 한시름 놓을 수 있었다.

"저 녀석도 뭘 먹나?"

"그게…… 이상하게 고기를 좋아합니다. 안 먹어도 백년은 더 살 녀석인데……."

"알았다. 고기도 넉넉하게 가져오마. 그럼 나중에 또 오도록 하마."

돌아서려던 연후를 육손이 불렀다.

"주군."

"왜."

"전쟁이 끝난 건 아니죠?"

"그래. 그렇다고 봐야지."

"하면 제가 독인으로 남아 있는 게 조금이라도 더 도움이 되지 않을까요?"

연후는 단호히 고개를 저었다.

"과거의 너로 돌아오면 모두가 더 힘을 낼 거다. 나 역시 그렇고. 그러니 이상한 생각일랑 하지 말고 한동안 푹 쉬도록 해."

"……예."

돌아선 연후는 몇 걸음 걷다가 육손을 돌아봤다.

"네 덕분에 이 전쟁을 승리로 이끌 수 있었다. 하니 자부심을 가져라."

"전 그저…… 예! 그렇게 하겠습니다!"

연후는 해맑게 웃는 육손을 보며 안도했다. 혹시라도 심마에 빠지면 어쩌나 걱정을 했었다.

'무슨 일이 있더라도 반드시 과거의 너로 돌아오게 해주마.'

* * *

"전가와 해동이 동영을 쫓아 남쪽으로 내려갔다고 합

니다."

철혈가로 돌아온 연후에게 철우가 가장 먼저 그 말을 전했다.

신휘가 물었다.

"바로 쫓아갈 건가?"

"다들 너무 지쳤다. 지금은 며칠이라도 휴식을 취하는 게 우선이다. 이 대장군이라면 적 가주를 잘 이끌 수 있을 테니 일단은 믿고 맡겨보는 수밖에."

"적인회가 대장군의 말에 따를까? 자네의 허락도 구하지 않고 쫓아간 것을 보면 그냥 결판을 내려는 모양인데 말이야."

"이전이었다면 그랬겠지. 하지만 최근 들어 적 가주도 많이 변했더군. 동영을 향한 복수심은 여전하지만 전가의 안위를 우선시하려는 속내를 읽을 수 있었다. 하면 절대 무리는 하지 않을 테지. 여기서 더 무너지면 전가의 존립 자체가 위태로워지니까."

"그렇다면 뭐."

신휘가 먼저 일어섰다.

"자네도 한 며칠 푹 쉬도록 해. 보기에 안쓰러울 정도로 얼굴이 말이 아니야."

"저희도 이만 일어나 보겠습니다."

모두가 밖으로 나서려 할 때 연후가 신휘를 불렀다.

"친구."

"왜?"

"전사한 혈왕군을 위한 진혼제는 한동안 미뤄야겠다. 대신 가장 성대하게 해 줄 것을 약속하지."

"됐어. 전장에서 죽는 것을 명예로 여기며 살아온 녀석들이니 신경 쓰지 말라고. 그리고 우리 혈왕군만 죽은 게 아니잖아."

신휘가 씩 웃어 보이고는 밖으로 나갔다.

잠시 후 연후의 곁에는 동방리만 남았다.

"대원수님 말씀처럼 얼굴이 말이 아니세요. 그러니 며칠만이라도 아무 생각 마시고 쉬도록 하세요."

"부탁할 게 있소."

"말씀하세요."

"육손, 녀석을 정상으로 되돌릴 방법을 찾아줄 수 있겠소?"

"최선을 다해 노력해 볼게요."

"당신만 믿고 있겠소."

동방리는 연후의 손을 잡으며 옅은 미소를 머금었다.

"알았어요. 무슨 수를 써서라도 육손 님을 정상으로 되돌려 놓을게요."

동방리는 바로 일어섰다.

"뜨거운 물을 받아 놓을 테니 옷부터 갈아입으세요."

연후는 밖으로 나서는 농방리의 뒷모습을 응시하다가 침상에 그대로 누웠다.

잠시나마 머릿속을 비우고 싶었지만 그게 마음처럼 되지가 않았다.

'나백의 본대가 대막의 황도를 되찾기 위해 올라간 병력과 합세하면 여전히 적들의 전력은 무시할 수 없는 수준이다. 내가 나백이라면 북해로 돌아가지 않고 대막의 황도에서 전열을 재정비할 텐데…….'

사실 연후는 북해빙궁이 황도를 되찾기 위해 일부 병력을 돌렸을 때, 바로 관백에게 전서를 보내서 황도를 포기하라는 명령을 내렸다.

공성전 경험이 거의 없는 적랑단에게 황도 방어는 결코 쉽지 않을 거라는 판단에서였다.

물론 황도를 사수한다면 북해빙궁의 전진 기지를 없애는 것이나 다름없으니 더할 나위 없겠지만, 그렇다고 적랑단을 잃을 수도 있는 위험을 무릅쓸 수는 없었다.

놈들이 다시 중원 땅을 넘어서고자 한다면, 다시 한번 박살을 내 주면 되면 그만인 문제일 뿐, 무리할 필요는 없었던 것이다.

"후욱!"

연후는 길게 숨을 토하고는 누운 채로 웃옷을 벗었다. 당장은 뜨거운 물에 몸을 담그고 쉬고 싶은 마음이 간절

숨 고르기 〈261〉

했다.

 제아무리 광마의 힘을 얻은 이후 공력이 심후해졌다지만 전쟁 발발 이후로 단 하루도 제대로 잠을 못했기에 매우 지쳐 있었다.

 웃옷을 벗은 연후는 침상에서 내려와 문으로 향했다.

 그때 밖에서 굵직한 목소리가 흘러들었다.

 "주군, 관량입니다."

 관량의 목소리였다.

 "들어오시오."

 관량이 들어섰다. 연후는 들어서는 관량을 보면서 한 줄기 불안감을 느꼈다.

 "관량이 주군을 뵙습니다!"

 "단주는 함께 오지 않았나?"

 "그게…… 대막의 황도에 계십니다. 그곳이 다시 북해빙궁의 손에 넘어가면, 끊임없이 중원에 위협이 될 것이라면서……. 주군의 명에 따르지 않은 것은 추후 달게 벌을 받겠다고 하셨습니다."

 "……!"

 연후의 표정이 굳어지자 관량이 애써 웃으며 말을 이었다.

 "너무 걱정하지 마십시오. 태무광이 황도를 되찾기 위해 돌아왔다는 소식에 뿔뿔이 흩어졌던 대막군까지 합류하여, 설령 나백이 직접 병력을 이끌고 공격한다 한들 능히 막아 낼 수 있을 것입니다."

"돌아온 대막군이 얼마나 되지?"

"삼만이 조금 넘습니다."

그 말에 연후는 조금이나마 마음이 놓였다. 적랑단에 태무광이 이끌고 올라간 항병 이만, 거기에 삼만이 더해졌다면 상당한 전력이라 할 수 있었다.

'지금쯤이면 북해빙궁과 서역무림의 본대가 황도 근처까지 올라갔을 텐데……'

도우러 가기에는 이미 늦어 버린 까닭에 연후는 마음이 무거웠다. 막연히 희망만 품고 기다릴 수는 없는 노릇이었다.

"형님께서 이 말씀을 꼭 전하라 하셨습니다."

관량이 한 호흡 쉬었다가 말을 이었다.

"북해빙궁은 무슨 수를 써서라도 막아 낼 테니 북쪽은 걱정 마시고 동영을 완전히 섬멸해 달라 하셨습니다."

연후는 묵묵히 고개를 끄덕이고는 철우를 불렀다.

"밖에 있나?"

"예."

철우가 들어섰다.

"가서 윤 총사를 모셔 오너라."

"예."

철우가 나가자 연후는 관량에게 말했다.

"북부군단과 함께 올라가도록 해. 관백과 태무광의 능력은 믿지만, 만약의 경우는 대비해야겠지. 단, 윤 총사에게도 언질을 해 두겠지만, 만에 하나 돌아갔을 때 이미 황도를 빼앗겼다면 그 즉시 그냥 돌아와야 한다. 알겠느냐?"

"그럴 일은 없을 겁니다. 그래도 만에 하나 막아 내지 못했다면…… 포기하고 바로 내려오도록 하겠습니다."

잠시 후 윤회가 들어섰다.

연후는 그에게 자초지종을 설명하고는 곧장 대막의 황도로 올라갈 것을 지시했다.

* * *

드리웠던 전운이 가시고 드디어 평온을 되찾은 철혈가. 모두는 한껏 들떴다.

동영을 물리친 기쁨만큼이나 모두를 들뜨게 만든 것이 있었다. 그것은 바로 천하가 북부무림을 북천이라 부르기 시작했다는 것이었다.

-와, 그럼 우리 주군께서는 북천주가 되시는 건가?

-당연하지. 무림의 역사에 단 한 번도 없었던 고귀하고도 명예스러운 호칭이 아니겠냐!

─북부인으로 태어난 것이 이렇게 자랑스러울 수가!
─하하하!

모두가 연후의 업적을 칭송할 때, 금호가 이끌던 반군 삼만을 생매장했다는 소문이 돌기 시작했다. 그리고 곧 사실로 드러났지만 누구도 그것을 탓하지 않았다.

한편 군사 현진은 누구보다 바쁜 시간을 보내고 있었다.

당장은 훼손된 진을 손봐야 했고, 동영과의 전투에서 드러난 약점도 보완해야 했다.

특히 진을 손보는 작업은 그가 직접 해야 하는 것이었기에 아침부터 저녁까지 제대로 쉬지도 못한 채 홀로 동분서주해야 했다.

동방리도 현진만큼이나 바빴다. 그녀는 여무사들과 함께 부상자들을 돌보느라 끼니마저 거르며 구슬땀을 흘렸다.

한편 연후는 이틀 동안 거처에서 나오지 않았는데…….

* * *

"주무시는 걸까요?"
"그렇겠지. 전쟁이 발발한 이후로 제대로 잠도 못 주무셨잖아."

"하긴……."

서백과 서위량은 전투에서 손상된 검과 활을 손보며 이런저런 대화를 나눴다.

송영은 보이지 않았다.

"이 녀석은 또 어딜 간 거냐?"

"어디 갔겠어요. 또 뒷산에 갔죠."

피식.

"먼발치에서나마 마주할 수 있어서 참 다행이다."

"그럼요. 솔직히 전 그 녀석을 영영 못 볼 줄 알았거든요."

육손을 말함이었다.

송영은 지금 육손이 있는 폭포수로 가고 없었다. 서위량이 검날을 이리저리 살펴보고는 다른 것을 물었다.

"동영 놈들이 십만대산으로 갈 확률이 높다고 하던데…… 정말 그럴까요?"

"해동에 의해 바닷길이 완전히 막혔으니 어디론가는 숨어야 할 텐데, 그 정도 병력이 숨기에 가장 적합한 곳이 십만대산이니까 가능성이 높다고 봐야겠지."

"거긴 한 번 들어가면 백만대군도 찾아내기가 쉽지 않다고 하던데…… 들어가기 전에 박살을 내 버려야 하는 거 아닙니까?"

"일단 전가가 해동의 뒤를 쫓아갔으니 그들을 믿어 볼

수밖에. 그리고 십만대산에서 멀지 않은 곳에 김가와 구대문파 몇 곳이 있으니 그들이 도와준다면 충분히 가능할 거다."

"개자식들. 모조리 고혼으로 만들어 구천을 떠돌게 해야 하는데……."

탁!

서백이 활을 내려놓고는 냉수를 한 그릇 마셨다. 그러고는 연후의 거처를 돌아보며 중얼거리듯 말했다.

"그것보다 더 중요한 문제가 있어."

"그게 뭡니까?"

"두 번의 전쟁을 통해 백야벌과 팔대가문을 향한 천하인들의 시선이 많이 바뀌었다. 특히 팔대가문은 비난을 넘어 조롱의 대상이 된 지 오래다. 물론 우리 북부는 예외지만."

"그게 왜 문젭니까? 우리 북부를 최고로 생각해 주면 더 잘된 일이잖아요?"

"단순한 자식."

"……예?"

서백이 자세를 고치고는 말을 이었다.

"지금껏 천하가 제대로 돌아갈 수 있었던 것은 팔대가문을 향한 천하인들의 경외심이었다. 누구도 팔대가문에 대적할 수 없다는 암묵적 인정 때문에 사마의 무리들도 함부로 설치지 못한 거지. 그런데 두 차례의 전쟁에서 팔대가문의 보여 준 무능함 때문에 그러한 경외심이 안개처럼 옅어져 버렸잖아. 그럼 어떻게 되겠냐?"

"사마의 무리들이 설칠 수도 있단 말입니까?"

"물론이지. 벌써부터 십만대산과 천산 쪽에서 사마의 무리들이 세를 불린다는 소문이 돌고 있다."

"그렇군요."

티잉!

서백이 시위를 한 번 튕기고는 특유의 밝은 미소를 지었다.

"뭐, 그렇다고 해도 우리 북부, 아니 북천은 승승장구할 거다. 주군과 혈왕이 계시고, 형님들과 우리도 여전히 건재하니까. 후후후."

"하긴, 사마의 무리들이 힘을 합치면 그때 가서 또 모조리 쓸어버리면 되니까요. 그나저나 주군은 언제쯤 거처를 나오실까요?"

씨익.

"저기 나오셨네."

* * *

연후는 이틀 동안 제대로 쉬지 못했다.

물론 하루 정도는 아무 생각 없이 숙면을 통해 그간의 피로를 풀었지만, 이후부터는 천하에 당면한 과제를 두고 고심에 고심을 거듭했다.

결론은 일단 백야벌로 가는 것이었다.

연후가 밖으로 나서자 철우가 머리를 숙였다.

"백야벌로 가야 하니 준비해."

"알겠습니다."

철우와는 달리 악소가 다소 놀란 얼굴로 물었다.

"……남쪽이 아니라 백야벌로 말입니까?"

"검가와 귀령가까지 남쪽으로 보내 두었으니 동영은 굳이 내가 관여하지 않아도 충분히 감당할 수 있다. 우선은 백야벌로 가서 이번 전쟁을 통해 드러난 약점을 보완할 생각이다."

"저희도 갑니까?"

"너와 무영은 이곳에 있다가 유사시 병력을 움직일 준비를 미리 해 놓도록 해. 대소사는 군사와 의논토록 하고."

"대원수도 함께 가십니까?"

"그래."

"예, 알겠습니다."

연후는 곧장 동방리가 있는 의당으로 향했다.

그러다가 저만치 앞에서 걸어오는 현진을 발견하고는

걸음을 멈췄다.

현진도 그를 발견하고는 한걸음에 다가왔다.

"진은 다 손봤나?"

"예. 이제 거의 다 마무리되었습니다."

"나는 백야벌로 가야 하니 세가를 부탁한다."

"남쪽이 아니라 백야벌로 말입니까?"

현진도 악소와 같은 질문을 했다. 사실 모두는 연후가 휴식을 끝내는 대로 남쪽으로 향할 것을 예상하고 있었다.

"이번 전쟁을 통해 백야벌과 팔대가문에게서 너무 많은 약점이 드러났다. 그것을 미리 보완해 두지 않으면 내부에서부터 곪아 터질 수가 있다. 가서 막히는 부분이 있으면 네게 조언을 구하마."

"알겠습니다."

연후는 다시 의당으로 향했다.

가까이 갈수록 약 냄새가 후각을 자극했다. 고통에 신음하는 무사들의 모습도 곳곳에서 보였다.

연후는 의당의 창을 통해 얼핏 보이는 동방리의 뒷모습을 응시하며 나지막이 숨을 골랐다.

'한동안은 함께 있어 주려고 했는데······.'

그때였다.

"잘 쉬셨어요?"

의낭 좌측에서 서령이 모습을 드러냈다. 동방리를 돕다가 나왔는지 옷 곳곳에 혈흔이 가득했다.

"할 만하나?"

"할 만해서 하나요? 일손이 부족하니 도와 드리는 거죠."

심드렁한 표정으로 대답을 한 서령이 연후의 아래위를 훑고는 곱게 미간을 찡그렸다.

"또 어디 가시나 봐요?"

"편히 쉴 팔자가 아니잖아."

"너무한 거 아니에요? 이제 전쟁이 끝났으면 가주님 곁에 좀 있어 주지 않고요."

"……."

연후는 대답을 하지 않고 의당의 문을 열었다.

그는 침상에 누워 있던 무사들이 황급히 일어서려는 것을 손을 들어 말렸다.

"다들 견딜 만하나?"

"예! 견딜 만합니다!"

"오셨어요?"

동방리가 다가왔다. 연후는 그녀의 옷 곳곳에 묻어 있는 혈흔과 피곤해 보이는 얼굴을 물끄러미 바라봤다.

동방리의 표정이 살짝 어두워졌다.

"또 떠나시려나 보군요."

숨 고르기 〈271〉

"서둘러 해결해야 할 문제가 있소. 해서 백야벌로 가야 할 것 같소."

"언제요?"

사실 연후는 동방리에게 말을 전하고 바로 떠날 생각이었다. 하지만 동방리의 표정이 변하는 것을 보고는 생각을 바꿨다.

"내일 아침에 떠날 예정이니 저녁에 다 함께 식사나 합시다."

"싫어요."

"……"

동방리가 더 가까이 다가왔다.

"다 함께 말고 당신과 나, 단둘이서 보내고 싶어요."

연후는 내심 당황스러웠다. 보는 눈이 한둘이 아닌데 동방리가 이렇게 나올 줄은 상상조차 하지 못했다.

그때였다.

짝짝짝!

의당 안에 있던 무사들이 일제히 박수를 쳤다. 몇몇은 환호성을 지르기도 했다.

"어서 대답하세요."

"알겠소. 하면 저녁에 봅시다."

그제야 동방리의 얼굴이 살짝 풀어졌다.

"돌봐야 할 부상자들이 더 있으니 저녁에 거처에서 봬요."

연후는 돌아시는 동방리의 뒷모습을 응시하며 흐릿하게 웃었다.

언제 조카를 안아 보게 해 줄 건가?

신휘의 목소리가 머릿속에서 환청처럼 울렸다.

* * *

다음 날 아침.
연후는 신휘, 철우와 함께 백야벌로 향했다.
가는 내내 신휘는 이상한 눈으로 연후를 힐끗거렸다. 뒤늦게 그 사실을 눈치챈 연후가 한마디 했다.
"그만 좀 힐끗거리지?"
"눈 주변이 거뭇거뭇한 게, 혹시 간밤에 무슨 일이라도 있었나?"
"네가 생각하는 그대로다."
"오호! 하면 조만간에 북천에 큰 경사가 나겠군. 후후후."
"거기까지만 하자."
연후는 먼저 치고 나갔다.
신휘가 그 모습을 보며 중얼거리듯 말했다.

"이제부터 팔대가문의 한 곳인 북부무림이 아니라, 하나의 왕조를 뜻하는 북천이라면 마땅히 후계자부터 생산해야지. 후후후."

"동감입니다."

철우도 웃었다.

"자! 우리도 그만 달려 볼까?"

"그러시죠."

두두두!

며칠 후 연후는 백야벌의 정문을 넘어섰다.

사전에 기별을 하지를 않아 환영 인파가 몰려 있지는 않았다. 하지만 그가 들어서자 곳곳에서 무사들이 뛰쳐나와 환호성을 터트렸다.

와아아!

"대지존께서 오셨다!"

"대지존 만세!"

무사들의 반응은 뜨거울 정도였다. 꽤 많은 이들은 눈물까지 흘렸다.

그도 그럴 것이 백야벌이 생긴 이후로 가장 큰 위협이자 위기였던 북해빙궁과의 전쟁을 승리로 이끈 연후는 백야벌의 모두에게 대지존, 이상의 존재로 각인되어 가고 있었다.

연후는 몰려든 무사들을 헤치며 지존궁으로 향했다.

가는 길에 백야김단의 진각을 지나가야 했는데, 전투 중에 전사한 사공천을 생각하니 마음이 한없이 가라앉았다.

전각의 정문을 지키는 무사들의 표정에서도 여전히 비통한 기운을 읽을 수 있었다.

"대지존!"

저만치 앞에서 집법원주 여태량이 달려왔다. 그 뒤로 벌의 수뇌부 몇 명이 황급히 달려 나오고 있었다.

사무적인 덕담을 주고받은 연후는 곧장 모두를 향해 지시했다.

"반 시진 후 지존궁으로 모이도록 하시오."

"알겠습니다."

연후는 지존궁으로 가려다가 좌측으로 발길을 돌렸다. 소무백에게 먼저 들를 생각이었다.

잠시 후 별채의 입구에 이르렀을 때, 한 여인이 밖으로 나섰다. 소향이었다.

"대지존을 뵈어요."

연후는 소향을 향해 포권을 취하며 살짝 허리를 숙였다. 그러고는 신휘를 향해 전음을 날렸다.

[자네는 들어오지 말고 해후의 기쁨이나 만끽하는 게 좋겠군.]

[그러지. 후후후.]

연후는 신휘의 웃음을 뒤로하고 안으로 들어섰다. 그가 온다는 것을 알고 있었는지 소무백이 밖에 나와 서 있었다.

소무백은 연후를 향해 머리를 숙였다.
"어서 오십시오."

* * *

신휘는 소향과 나란히 별채 뒤쪽의 숲길을 걸었다.
"두 분 다 이렇게 무사히 돌아오셔서 정말 다행이에요. 오라버니께서도 매일같이 선조들께 두 분의 안녕을 비셨어요."
"그랬습니까?"
"어디 다치신 곳은……."
"몇 군데 긁힌 것 말고는 멀쩡합니다. 대지존은 저보다 더 멀쩡하고요."
"다행이에요. 정말 다행이에요."
소향의 목소리가 가늘게 떨렸다. 그만큼 애를 쓰고 있었다는 것이 아닐까.
그런 소향을 바라보는 신휘의 손끝이 살짝 흔들렸다. 하지만 곧 소향의 섬섬옥수를 부드럽게 잡았다. 소향도 그의 손길을 피하지 않았다.

한편 두 사람을 내려다보는 눈동자들이 있었다.

연후와 소무백이었다. 둘은 거처의 창을 통해 다정하게 숲길을 걷는 신휘와 소향을 내려다보며 옅은 미소를 머금고 있었다.

연후는 소무백을 돌아보며 말했다.

"저 친구가 마음에 드십니까?"

"저 아이에게는 과분한 분이시지요."

"허락하시겠습니까?"

의미가 함축된 질문에 소무백은 일고의 망설임도 없이 대답했다.

"오히려 제가 감사해야 할 일이지요."

연후의 입가에 흐릿한 미소가 떠올랐다.

'어쩌면 저 친구가 나보다 더 빨리 아이를 볼 수도 있겠군.'

생각만 해도 가슴이 따뜻해지는 기분이었다.

지산만큼이나 거칠고 험한 삶을 살아온 신휘. 연후는 진심으로 그의 행복을 빌었다.

'행복해라, 친구.'

7장
전쟁의 후유증

전쟁의 후유증

　북해빙궁과의 전쟁에서 드러난 취약점, 연후는 그중 하나를 정보력으로 꼽았다.
　전쟁이 이어지는 동안에 정보력의 최전선은 육손의 독수리가 맡았다.
　하지만 육손이 독인이 되면서 알 수 없는 이유로 독수리들이 죽어 버리자 정보력에 심각한 타격을 입었고, 이후부터 적의 움직임을 예측에만 의존하는 상황에 이르렀다.
　만약 연후의 예측이 어긋났더라면 전쟁의 향방은 완전히 뒤바뀌었을지도 모를 일이었다.
　또 하나는 백야벌을 비롯한 팔대가문이 대규모의 집단전에서 예상에 미치지 못하는 전투력을 보여 주었다는 점이었다.

이는 이미 서장과 대막의 일차 침공 때도 드러났던 문제이기도 했다.
 그로 인해 백야벌과 팔대가문을 향한 천하인들의 불신은 날이 갈수록 심화되어 가고 있었다. 더 심각한 것은 불신이 조롱으로도 이어지고 있다는 점이었다.
 북부무림의 주군이라면 모를까, 이제는 명실상부한 천하무림의 지존이 된 연후로서는 결코 좌시할 수 없는 문제였다.
 "전쟁이 더 오래갔더라면 무림은 유례없는 대혼돈의 시대로 접어들었을 테지."
 연후의 그 말에 신휘는 고개를 끄덕이며 말을 받았다.
 "북해빙궁을 완전히 궤멸시키겠다고 뒤를 쫓아갔더라면 문제가 더 심각해졌을 거야. 전쟁이 지속되면 될수록 불신은 더 심화되었을 테니까."
 그랬다. 연후가 퇴각하는 북해빙궁과 서역무림의 뒤를 쫓지 않은 것에는 이러한 이유도 있었다.
 연후는 차를 한 모금 마시고는 말을 이었다.
 "당장은 육손, 녀석을 정상으로 돌려놓을 방법을 찾아야 한다. 독수리만 다시 활용이 가능해진다면 가장 중요하다고 할 수 있는 정보력은 어렵지 않게 해결할 수 있으니까."
 "찾아보면 방법은 있겠지."

신휘가 물었다.

"그나저나 백야벌의 무사들이야 우리가 훈련을 시키면 될 테지만 팔대가문은 어쩌지? 그들까지 우리가 도맡아서 훈련을 시킬 순 없잖아. 하자고 해도 따를 리도 없고 말이야."

연후는 묵묵히 고개를 끄덕였다.

지금껏 백야벌은 전시가 아니면 팔대가문을 강제하지 않았다. 아니, 정확히는 할 필요가 없었다.

팔대가문이란 영원히 약속된 자리가 아니었다. 스스로를 증명하지 못하고 도태되면, 다른 세력에게 빼앗길 수도 있는 것이 팔대가문이란 이름이었다.

그리고 그러한 규칙이 존재했기에 지금껏 팔대가문의 균형이 유지될 수 있던 것이었다.

하지만 이미 그 균형은 이미 걷잡을 수 없이 무너져 있었다.

"계속 팔대가문이라는 체제를 굳이 유지할 필요가 있을까?"

연후의 말에 신휘가 두 눈을 휘둥그레 치떴다.

"지금 무슨 생각을 하고 있는 거야? 설마 무림을 재편하기라도 하겠다는 건가?"

피식.

"놀라기는. 그냥 해 본 소리다."

"그냥이라도 하지 마라. 혹시라도 이런 소문이 돌기 시작하면 무림은 대혼란의 시대로 접어들 수도 있다고. 대혼란의 시대로 접어들면 그 짐은 온전히 자네와 북부무림이 짊어지게 될 거야."

"대혼란의 시대라……."

연후는 의자에 몸을 기대며 눈빛을 가라앉혔다.

'백야벌과 팔대가문 체제를 없애고 우리 북부무림이 강호의 유일한 지배 세력이 된다면…….'

연후는 목구멍까지 올라왔던 이 말을 애써 집어삼켰다. 하지만 생각만으로도 가슴이 뜨겁게 달궈지는 것 같았다.

그런 연후를 심각한 눈으로 쳐다보던 신휘가 미간을 좁히며 물었다.

"혹시 이미 생각을 정한 건가?"

"솔직한 답을 원하나?"

"물론이지."

"아주 심각하게 고민 중이다."

이번에는 연후가 물었다.

"하겠다고 하면 도와줄 건가?"

"당연한 소리를. 나는 자네가 필연적으로 져야 할 부담을 염려했던 것뿐이라고."

그때였다.

"주군, 정보원주가 오셨습니다."

"모셔라."

문이 열리고 한 중년인이 들어섰다. 최근에 정보원의 수장으로 임명된 곽치라는 인물이었다. 그런데 뒤에 야랑의 수장 석호진도 있었다.

둘이 연후와 신휘를 향해 머리를 조아렸다.

"무슨 일이오?"

"야율목이 서역으로 말머리를 돌렸다는 첩보를 입수했습니다."

"······!"

연후와 신휘의 표정이 급변했다.

곽치가 말을 이었다.

"그들의 뒤를 쫓고 있던 무사들이 세 번에 걸쳐 같은 내용의 전서를 보내온 것을 보면 틀림없는 사실인 것 같습니다."

신휘가 연후를 응시하며 말했다.

"이러면 나백도 어쩔 수 없이 북해로 돌아갈 수밖에 없겠군. 북해빙궁만으로 대막의 황도를 칠 수는 없을 테니까 말이야."

연후는 묵묵히 고개를 끄덕였다.

서역무림이 서역으로 돌아갔다면 북해빙궁도 동력을 완전히 상실하게 되는 셈이었다.

'야율목이 한시름 덜게 해 준 셈인가?'

북해빙궁의 재침공을 걱정하지 않아도 된다면 무림 재편을 가속화할 수 있으리라. 물론 동영이 남았지만 걱정할 정도는 아니었다.

연후는 곽치를 향해 단호한 어조로 말했다.

"보다 확실해질 때까지 뒤를 쫓도록 하시오."

"알겠습니다. 그리고 보고드릴 게 하나 더 있습니다."

곽치가 한 호흡 쉬었다가 말을 이었다.

"남만의 움직임이 심상치 않습니다. 운남성 지부의 보고에 의하면 한 달 전부터 상당한 병력이 운남성의 최남단을 타고 북상하면서 온갖 약탈을 일삼는 중인데, 그 정도가 단순한 도적질을 넘어서는 수준이라고 합니다."

신휘가 어이가 없다는 표정을 지었다.

"뭐야? 이제는 남만까지 중원을 넘보는 건가?"

곽치가 말을 이었다.

"아무래도 북해빙궁과의 전쟁을 틈타 중원의 남부를 노리려 하는 것 같습니다."

그때 석호진이 나섰다.

"허락하시면 저희 야랑이 운남성으로 내려가서 보다 면밀히 조사하도록 하겠습니다."

"운남성 지부만으로 부족하다는 거요?"

연후의 그 말에 곽치가 난감하단 표정으로 대답했다.

"남만은 신경조차 쓰지 않은 곳이라 지부의 규모가 최

소 수준입니다. 또한 남만의 병력 속으로 숨어들 만한 고수도 거의 없어서……."

말끝을 흐리는 곽치.

연후도 이 점은 인정했다. 사실 중원은 남만을 미개한 종족이 살아가는 곳쯤으로 여겨 신경조차 쓰지 않고 있었다.

남만이 중원을 노릴 거라는 생각을 했던 사람은 천하에 단 한 명도 없었을 것이었다. 그리고 그건 연후도 마찬가지였다.

"가면서 십만대산에도 한번 들를 생각입니다."

"동영 때문이오?"

"마교라는 집단을 한번 조사해 볼 필요가 있을 것 같습니다. 최근 들어 서북무림과 황하수련의 잔당들이 심심치 않게 십만대산 인근에서 포착되고 있습니다. 그중에는 꽤 거물급도 있는데, 혹시라도 그들이 마교와 손을 잡으면 문제가 심각해질 수도 있지 않겠습니까?"

석호진의 그 말에 연후는 차를 한 모금 마시고는 고개를 끄덕이며 말했다.

"안 그래도 거기는 한번 조사를 해 볼 생각이었소."

연후도 마교에 대한 정보를 듣고 있었다. 북해빙궁과 동영의 침공 때문에 지금껏 신경을 쓰지 못했을 뿐이었다.

"좋소. 하면 최대한 빨리 내려가도록 하시오."

"알겠습니다."

곽치와 석호진이 물러가자 연후는 의자에 깊숙이 몸을 묻으며 눈빛을 가라앉혔다.

"서북무림과 황하수련의 잔당들이라……."

"꽤 많을 거야. 특히 과거 황하수련을 공격할 때 가회를 추종하던 놈들은 거의 다 포위망을 빠져나갔으니까. 우문 련주가 애를 먹는 것도 총단으로 돌아오는 옛 련도들의 수가 그리 많지 않다는 점 때문이라고 본다면 우리가 예상하는 그 이상일지도 몰라."

"동영까지 더해지면 꼴이 이상하게 돌아가겠어."

"아주 위협적인 적이 하나 더 생긴다고 봐야겠지. 게다가 십만대산을 터전으로 삼고 움직인다면 토벌도 결코 쉽지 않을 거다. 거긴 산사람도 들어가서 귀신이 되어 나온다는 곳이니까."

연후는 미간을 슬며시 찡그렸다. 말을 하다 보니 생각보다 더 심각한 상황으로 치달을 수도 있을 것 같았다.

이러한 상황은 전쟁이 만들어 낸 결과물이었다.

거기에 하나를 덧붙이자면 팔대가문이 보여 주었던 무능도 한몫했으리라.

"비록 전쟁을 이기긴 했지만 후유증이 만만치 않겠어. 어쩌면 자네말처럼 무림을 재편하는 것이 더 나을지도 모르겠군. 무림이 하나로 똘똘 뭉친다면 이전보다 훨씬 더 강력해질 테니까. 물론 권하고 싶지는 않아. 괜히 사서 고생할 수도 있으니까."
　연후는 신휘를 직시하며 물었다.
"이 정도로 만족하나?"
"어느 정도는."
"난 아직 멀었다."
"결국은 해 보겠다는 말이군."
"말했잖아. 심각하게 고민 중이라고."
　신휘는 이쯤에서 확신했다. 연후가 무림 재편에 들어갈 것이라는 것을.
　피식.
"편하게 살기를 글렀군."
　연후도 피식 웃었다.
"팔자라고 생각해라."
"친구를 잘못 둔 건 아니고?"
"그럴지도."
"후후후."
"후후후."

* * *

　북해빙궁과 서역무림이 물러가고 동영마저 궤멸에 가

까운 피해를 입고 남쪽으로 물러가면서, 요동치던 천하는 빠르게 안정을 되찾아 갔다.

하지만 또 다른 위협이 생겨나고 있음을 아는 사람은 거의 없었다.

쏴아아!

며칠째 비가 내렸다.

봄비치고는 지나치다 싶을 정도로 많은 비가 내리면서 곳곳에서 수해가 발생했다.

연후는 백야벌에 머물면서 북쪽과 남쪽의 정보를 실시간으로 파악하는 동시에 무사들로 하여금 수해를 입은 도시를 돕도록 했다.

'난감하군.'

막상 손을 보겠다고 달려드니 앞이 막막했다. 백야벌의 피해가 예상보다 컸던 까닭이다.

단순히 전쟁에서 죽거나 다친 숫자로만 산정할 수 없는 문제가 도처에 깔려 있었다.

당장은 피해 복구에 필요한 막대한 자금을 마련할 길이 막막하다는 점이었다. 시설 복구도 문제지만, 전사자의 가족들에게 지급할 위로금이 더 급했다.

지급이 늦어지면 불만이 쌓일 것은 자명한 사실이고, 불만이 쌓이다 보면 분열로 이어질 수도 있는 문제였다. 결국은 돈이 문제였다.

해서 연후는 황금상단과 대륙상단을 포함한 천하오대상단을 백야벌로 불러들였다.

　　　　　＊　＊　＊

지존궁의 대전.
천하제일갑부를 다투는 다섯 명이 모였다.
평소 상권이 겹치면서 견원지간이나 다름없는 관계였기에 분위기는 냉랭하다 못해 싸늘할 지경이었다.
오랜만에 백야벌로 올라온 황금상단주 왕적과 오래전부터 백야벌과 밀접한 관계를 유지해 온 대륙상단주 손회만이 다소 느긋한 표정으로 찻잔을 기울이고 있었다.
하지만 둘은 서로에게 눈길조차 주지 않았다. 서로가 서로를 가장 강력한 경쟁자로 여기고 있는 까닭이었다.
한 청포인이 손회를 돌아보며 물었다.
"혹시 대지존께서 우리를 부른 이유를 아시오?"
"난들 어찌 알겠소."
"대륙상단은 오래전부터 백야벌과 밀접한 관계를 유지해 오지 않았소. 혹시 알면서도 일부러 숨기는 거 아니오?"
"그렇게 궁금하면 대지존께 직접 여쭤보시오."
"흥!"
손회의 냉랭한 태도에 청포인은 콧방귀를 뀌고는 고개

를 돌렸다. 그가 이번에는 왕적에게 물었다.
"왕 단주도 모르시오?"
"이 몸 역시 부름을 받고 달려왔을 뿐, 무슨 일인지는 전혀 모르고 있소. 미안하오, 공 단주."
청포인, 공운봉은 구룡상단의 단주였다. 규모로 따지면 황금상단이나 대륙상단에는 미치지 못하지만, 실질적인 재산은 그가 가장 많다고 소문이 나 있었다.
공운봉은 대전의 정문을 응시하며 짜증을 냈다.
"바쁜 사람들을 불러 놓고 왜 이렇게 늦는 건지. 아무리 대지존이라도 이러면 곤란하지. 크흠!"
왕적이 공운봉을 응시하며 내심 코웃음을 쳤다.
'그분 앞에서 찍소리도 내지 못한다에 내 전 재산을 건다, 이놈아.'
그때, 대전의 문이 열리고 철우가 들어섰다.
"대지존께서 드시니 모두 기립해 주시오."
"크흠!"
"에헴!"
모두가 마지못해 일어나는 것처럼 시큰둥한 표정을 지었다. 다만 연후를 누구보다 잘 알고 있는 왕적만은 진중한 표정으로 옷매무새를 고쳤다.
잠시 후 연후가 들어섰다.
왕적이 대뜸 그를 향해 머리를 조아렸다.

"대지존을 뵙습니다!"
"……대지존을 뵙습니다."
"오래 기다리게 해서 미안하오. 인사는 되었으니 그만 앉으시오."
손회와 공운봉이 먼저 앉으려다가 싸늘한 기운을 느끼고는 흠칫했다. 철우가 그들을 매섭게 노려본 것이다.
연후는 엉거주춤한 자세로 앉지도 다시 서지도 못하고 있는 두 사람을 힐끗 쳐다보고는 태사의에 앉았다.
"바쁜 분들이니 바로 본론에 들어가도록 하겠소."
연후는 좌중을 한 차례 쓸어 보고는 말을 이었다.
"두 번의 전쟁으로 인해 벌의 재정이 심각한 상황에 처했소. 해서 여러분들께 도움을 청할까 하오."
연후의 말이 채 끝나기도 전에 왕적이 말하고 나섰다.
"흉측한 적들을 물리쳐 주셨음에 감사하는 마음으로 저 왕적은 부족하나마 은자 삼백만 냥을 기부토록 하겠습니다. 대지존께서는 부디 거절치 말아 주십시오."
"……!"
모두가 두 눈을 부릅뜨며 경악할 때, 연후는 옅은 미소로 화답했다.
"벌의 모두를 대신하여 감사드리오, 왕 단주."
공운봉이 물었다.
"하면 저희에게도 기부를 바라시는지요?"

"강제하진 않겠소. 다만 천하를 지키기 위해 장렬히 산화한 무사들을 생각해 주기를 바랄 뿐이오."

연후는 굳이 말을 돌리지 않았다. 이런 부류는 그냥 밀고 나가는 것이 상책이라는 것을 왕적을 통해 경험한 바가 있었다.

"그리고 하나 덧붙이자면…… 도움을 준 상단은 추후 백야벌을 비롯한 팔대가문과의 거래에 우선권을 부여받게 될 것이오."

연후의 그 말에 왕적은 내심 웃었다.

'내 이럴 줄 알고 선수를 쳤지. 어디, 네놈들이 얼마나 내놓을 수 있는지 지켜보마. 후후후.'

　　　　　＊　＊　＊

지존궁의 별채.

대대로 대지존이 휴식을 취할 때 애용했던 그곳을 연후는 거의 가 본 적이 없었다. 지나치게 호사스러운 것을 싫어하는 성격도 성격이지만 딱히 갈 일이 없었던 까닭이다.

그랬던 연후가 별채를 찾았다.

문을 열고 들어가니 밖에서 보는 것보다 더 화려하고 거대한 규모를 자랑했다.

천하의 철우가 감탄사를 늘어놓았다.
"세상에서 가장 호화로운 곳인 것 같습니다. 한데 갑자기 여긴 왜 오신 겁니까?"
"그 사람이 머물 곳이 필요한 것 같아서."
"아, 예."
동방리를 말함이었다.
연후는 주변을 둘러보며 미간을 좁혔다.
"너무 크고 화려해서 싫어할 것 같은데……."
"격을 맞추려면 이 정도는 되어야지 않겠습니까? 저는 대찬성입니다."
"나도 대찬성."
신휘가 거들었다.
모두는 정원의 한가운데에 놓인 탁자를 두고 마주 앉았다.
잠시 후 무사들이 다과를 가져왔다.
신휘가 차를 한 모금 마시고는 웃었다.
"왕 단주가 눈치를 채고 선수를 쳐 주는 바람에 일이 제법 수월해지겠어. 후후후."
"삼백만 냥으로 만족할 순 없다."
"그 이상을 내려 하는 자가 있을까?"
"내게 만들어야지."
"지금쯤 얼마를 내면 좋을지 다들 골머리를 썩고 있겠군. 그나저나 십만대산의 마교라는 놈들은 가만히 내버려둘 건가? 더 커지기 전에 싹을 잘라 버리는 것이 좋을 것 같은데 말이야."

"당장은 거기까지 신경을 쓸 여력이 없다. 일단 귀령가와 검가가 해동을 뒤쫓는 전가를 따라갔으니 그들에게 맡겨 보는 수밖에."

연후는 찻잔을 들어 입으로 가져갔다.

차향이 과일향과 섞이자 입속에 개운해지는 것이 묘한 기분마저 들었다.

'그녀가 좋아하겠군.'

요즘 들어 연후는 맛있는 것을 먹고 좋은 차를 마시면 자연스럽게 동방리가 떠올랐다.

그녀가 옆에 있으면 좋겠다는 생각과 함께.

'내가 사랑에 빠지다니…….'

틀림없는 사랑이었다.

연후는 신휘를 직시했다.

"이봐, 친구."

"왜."

"여길 그 사람한테 내줘도 괜찮겠나?"

"그걸 왜 내게 묻지? 자네가 그렇게 하겠다면 그렇게 하면 되는 거지."

"아가씨 때문에."

피식.

"걱정 마. 아가씨는 지금 거처에 매우 만족하고 있으니까. 그리고 그곳도 여기 못지않게 크고 화려하다고."

철우는 연후와 신휘를 번갈아 응시하며 흐릿하게 웃었다.

'사랑하고는 전혀 어울리지 않는 두 분인데…….'

* * *

대평원의 초입에서 얼마 떨어지지 않은 곳에 위치한 북부무림의 어느 도시.

해가 떨어질 무렵에 저잣거리로 들어서는 죽립인이 있었다. 죽립인은 한 객잔으로 들어가 구석진 곳에 자리를 잡고 술과 음식을 시켰다.

탁.

죽립을 벗자 드러난 얼굴. 서문회였다.

다만 얼굴의 일부를 다른 사람의 것으로 바꿀 수 있는 인피면구를 쓰고 있어서 그를 알아볼 사람은 아무도 없었다.

그는 점소이가 먼저 가져다주고 간 술병의 마개를 열어 잔을 채웠다.

쪼르륵.

연이어 석 잔을 비운 서문회는 창을 통해 북쪽 하늘을 바라봤다.

'북해까지 쫓아가 주마.'

지금 서문회는 나백을 쫓아 북쪽으로 갈 생각이었다.

나백과 야율목의 합공으로 가벼운 내상을 입는 바람에 한동안 동굴 안에서 회복에 집중했는데, 다시 밖으로 나왔을 때 북해빙궁이 물러갔다는 소식을 들었다.

해서 나백을 쫓을 생각에 북쪽으로 올라온 것이다.

거리가 제법 벌어졌지만 자신은 혼자고, 나백은 대군과 함께 움직여야 하니 충분히 따라잡을 자신이 있었다.

"맛있게 드십시오."

점소이가 음식을 두고 돌아갔다.

젓가락을 집어 요리로 가져가던 서문회의 눈빛이 한순간 가늘게 흔들렸다.

양고기를 요리한 음식에서 흘러나오는 향. 그것은 그가 대막에서 즐겨 먹었던 것과 매우 흡사했다.

'우리 대막이 어쩌다가……'

그 옛날 대제국을 건설했던 선조들의 영광이 자신의 대에서 끊겨 버렸으니, 고향을 떠올리면 죄책감에 한없이 우울해지곤 했다.

'언제까지 혼자 싸워야 할까. 과연 나 혼자서 나백을 죽이고 이연후까지 죽일 수 있을까? 설사 그들을 죽인다 해도 이후에는 뭘 할 수 있을까?'

억눌러 놓았던 상념이 한꺼번에 머리를 내밀자 서문회는 술을 병째 들이켰다.

벌컥벌컥!

탁!

"여기 한 병 더."

그때였다.

덜컹!

객잔 안으로 청포를 걸친 청년 세 명이 들어섰다. 저마다 비범한 분위기에 고급스러운 검을 지닌 그들은 서문회의 바로 옆 탁자에 자리를 잡았다.

그중 하나가 앉기가 무섭게 입을 열었다.

"요즘 십만대산이 심상치 않은 모양이더라. 마교라는 세력이 점점 세를 불려 가는데, 서북무림과 황하수련의 잔당들까지 그곳으로 몰려들고 있다더군. 이러다가 또 하나의 거대 세력이 만들어지는 건 아닌지 걱정이다."

"뭔 걱정이냐. 십만대산이면 검가가 있고 또 멀지 않은 곳에 전가에다 구대문파의 두 곳이 있으니 그들이 알아서 하겠지."

"두 번의 전쟁을 통해 팔대가문의 허접함이 만천하에 드러났는데도 그따위 소리를 하다니. 쯧쯧쯧."

"하긴. 대지존이 직접 나서지 않으면 또 개창피를 당할 거다."

"됐고, 술이나 마시자."

대화는 거기서 끝났다.

서문회는 점소이가 새로 가져온 술병의 마개를 열며 눈빛을 가라앉혔다.
'십만대산이 그렇게 돌아간단 말이지?'
귀가 솔깃할 정도가 아니라 정신을 번쩍 들게 하는 말이었다.
'제아무리 서북무림과 황하수련이 팔대가문의 한 곳이었더라도 잔당들이 모여서 할 수 있는 건 없다. 하지만 그들을 이끌어 줄 사람이 있다면…….'
서문회의 심경에 변화기 일기 시작했다.
변화의 끝은 연후였다.
'놈들도 나만큼이나 이연후를 증오하고 있을 터. 그것을 이용한다면…….'
쪼르륵.
서문회는 다시 술잔을 기울이기 시작했다. 그리고 창을 통해 다시 북쪽 하늘로 시선을 던졌다.
'네놈은 천천히 죽여 주마, 나백.'

다음 날 아침, 객잔을 나선 서문회가 향한 곳은 대평원이 아니라 남쪽이었다.
객잔에서 하룻밤을 보냈다는 것만으로도 그의 목적지가 바뀌었음을 알 수 있었다.

* * *

대막의 황도.

적랑단주 관백과 대원수 태무광이 성곽에 나란히 서서 남쪽을 바라봤다.

두 사람의 시선이 닿은 곳에서 흙먼지가 일어나고 있었다.

흙먼지를 일으키며 올라오는 대군을 바라보는 태무광의 두 눈은 벌써 진득한 살기를 머금었다.

"오너라, 이놈."

"힘든 싸움이 될 거요. 하니 평정심을 유지하시오."

"걱정 마시오. 전투가 시작되면 누구보다 냉철해지는 사람이 나니까."

관백은 뒤를 돌아보며 나지막이 외쳤다.

"전투태세를 갖춰라."

"전투태세를 갖춰라!"

둥둥둥!

성곽 위로 적랑단의 무사들이 올라서기 시작했다. 뒤쪽 성곽으로는 대막의 항군이 올라섰다.

이미 몇 번에 걸쳐 전투를 벌였던 까닭에 꽤 많은 사상자가 발생했지만 누구 하나 위축되지 않고 눈빛이 살아 있었다.

관백은 북해빙궁의 대군을 응시하며 눈빛을 가라앉혔다.

남쪽에서 올라오는 병력이 향하는 곳에 수만의 기병이 모여 있었다. 황도를 되찾기 위해 올라왔다가 몇 번의 전투 끝에 물러간 북해빙궁의 기병이었다.

그들만으로도 쉽지 않은 전투였는데, 나백의 본대까지 더해진다면 과연 막아 낼 수 있을지 솔직히 확신이 들지 않았다.

'이곳이 빙궁의 수중에 떨어지면 중원무림으로 향하는 거점과 교두보 역할을 하게 된다. 어떻게든 막아 내서 주군의 짐을 덜어 드려야 한다.'

관백의 두 눈이 서서히 결기를 품어 갔다.

그때였다. 태무광이 고개를 갸웃하며 말했다.

"뭔가 이상한 것 같소."

"뭐가 말이오?"

"나백의 본대가 멈추지 않고 계속해서 올라오고 있지 않소."

"……."

사실이었다. 나백의 본대는 수만의 기병들과 합류한 뒤에도 속도를 늦추지 않고 계속해서 움직이고 있었다.

'아무리 자신이 있다 한들, 공격을 할 생각이라면 저렇게 행동할 리가 없다.'

관백의 눈빛이 변했다.

"그냥 북해로 돌아갈 생각인 것 같소. 공격을 감행할 생각이었다면, 먼 길을 올라왔으니 최소한의 휴식을 취하며 전열을 가다듬었을 것이오."

파르르……

태무광의 두 눈이 가늘게 흔들렸다. 조금 전까지 살기를 머금었던 동공은 아주 복잡한 감정이 한데 뒤섞여 있었다.

두두두!

북해빙궁의 대군이 성과 점점 가까워지자 대지가 울리기 시작했다.

관백은 선두의 전마를 가리키며 물었다.

"저자가 빙궁의 대궁주요?"

"그렇소."

'엄청나군.'

제법 거리가 있었음에도 관백은 숨이 턱턱 막히는 기분이었다.

새삼 연후에 대한 경외감이 들었다. 보는 것만으로도 숨이 막힐 지경인 나백조차도 결국 연후는 넘어서지 못했으니까.

나백이 이쪽을 쳐다봤다. 관백은 일부러 팔짱을 하며 나백을 직시했다.

그때 태무광이 검을 뽑아 높이 치켜들며 소리쳤다.

"네 이놈, 나백아! 개처럼 쫓겨 가는 신세가 참으로 볼

만하구나!"

 한과 증오가 느껴지는 외침이었다.

 관백은 말리지 않았다. 이 정도에 발끈해서 마음을 바꿀 거면 처음부터 공격을 선택했을 것이었다.

 주르륵.

 태무광의 뺨을 타고 굵은 눈물이 흘러내렸다. 마음속 깊숙이 응어리져 있던 원한이 눈물로 표출된 것이리라.

 두두두!

 흙먼지가 바람을 타고 성곽을 덮쳤다.

 관백은 흙먼지 너머로 서서히 멀어지는 북해빙궁을 응시하며 나지막이 숨을 내쉬었다.

 안도의 숨이었다.

* * *

 이틀 후, 윤회가 이끄는 북부군단이 황도로 들어섰다.

 관량이 가장 먼저 관백에게로 달려왔다.

 "형님!"

 "어서 오너라."

 "빙궁은 어떻게 되었습니까?"

 "북해로 돌아갔다."

 "그냥…… 말입니까?"

"그래. 그냥 돌아갔다."
"하……."
관량이 다리에 힘이 풀렸는지 성곽에 기댔다.
뒤에서 윤회가 다가왔다. 백도전주 장패가 그의 뒤를 함께했다.
"어서 오십시오, 총사."
"오랜만이외다, 단주."
관백이 태무광을 소개했다.
"대막의 대원수십니다."
윤회가 태무광을 향해 가볍게 포권을 취했다.
"북부군단의 총사 윤회요."
"태무광이오."
"돕겠다고 달려왔는데 한발 늦은 것 같소이다."
"비록 적은 물러갔지만 이렇게 와 주셨으니 대막의 모든 이들을 대신하여 진심으로 감사드리는 바이외다."
"자, 어서 안으로 드시지요. 막 새로 담근 마유주를 열까 했는데, 총사께서 오셨으니 제가 첫 잔을 올리도록 하겠습니다."
모두는 성곽 아래의 거처로 향했다.
한데 뒤를 따라가는 태무광의 표정이 묘했다. 하지만 누구도 그의 표정을 보진 못했다.

* * *

  날카롭게 휘어진 초승달이 하늘의 한가운데에 걸렸다.
  윤회와 관백은 성루에 올라 무사들이 가져온 술과 음식으로 밤참을 즐겼다.
  윤회는 마유주를 무척 좋아했다. 북부군단의 주둔지가 대막과 가까워 평소에도 마유주를 담가서 마시곤 했었다.
  "역시 대평원의 밤은 참으로 아름다운 것 같소."
  "며칠 보시면 별거 없다는 생각이 들 겁니다. 그나저나 언제 내려가십니까?"
  "당분간은 이곳에서 머물라는 주군의 명이시오."
  "이곳에서 말입니까?"
  "북해빙궁이 언제 또 내려올지 모르니 그때를 대비하여 아예 이곳을 북부군단의 새로운 군영으로 삼겠다고 하셨소."
  "하하하!"
  "왜 웃소?"
  "우리 북부를 생각하니 기분이 좋아서 이럽니다. 불과 몇 년 전이었다면 이런 건 상상조차 하지 못했을 일이 아니겠습니까?"
  "그렇소."
  윤회도 빙그레 웃었다. 그러더니 주변을 한 차례 살펴

보고는 목소리를 낮췄다.

"그것 말고도 이유가 하나 더 있다고 하셨소."

"……예?"

"대막의 대원수는 황도를 되찾았다고 여길 것이오. 하면 마음이 바뀌어 엉뚱한 짓을 할 수도 있으니 그것을 사전에 차단하라 하셨소."

"아……."

관백이 무릎을 쳤다. 그는 생각조차 하지 못했던 것이었다.

"대원수의 식솔들 중에 직계가 있으면 그들을 백야벌로 보내라고 하셨소."

"볼모입니까?"

"최소한의 안전장치라고 해 둡시다, 라고 말씀하시더이다."

"하하하!"

관백의 웃음소리가 멀리멀리 울려 퍼질 때, 태무광은 거처에서 홀로 술잔을 기울이며 아쉬움을 곱씹고 있었다.

               * * *

오대상단의 단주들이 다시 지존궁의 대전에 모였다.

왕적을 쳐다보는 다른 네 사람의 눈빛과 표정이 불쾌하

다 못해 잔뜩 성이 나 있었다.

이틀 후 여러분들의 결정을 기대하고 있겠소.

연후의 이 말에 모두는 이틀 동안 고심에 고심을 거듭했다.

왕적이 삼백만 냥이라는 거금을 내겠다고 선수를 친 것이 골치의 화근이었다. 안 낼 수는 없으니 얼마라도 내야 하는데, 왕적보다 금액이 적으면 백야벌과 팔대가문과의 우선 거래라는 막강한 권리는 황금상단이 쥐게 될 터였다.

안 그래도 자신들의 영역을 침범하는 황금상단을 눈엣가시처럼 여겼던 다른 상단의 입장에서 보자면 그것만큼은 어떻게든 막아야 했다.

막지 못하면 상권과 부의 균형이 완전히 무너지기 때문이었다.

왕적을 누구보다 싫어하는 구룡상단주 공운봉이 왕적을 노려보며 언성을 높였다.

"왕 단주는 몰래 축적해 놓은 돈이 많은 것 같소? 삼백만 냥이라는 거금을 아무렇지 않게 내주겠다는 것을 보면 말이오."

"수만에 달하는 무사들이 중원을 지키기 위해 장렬히

산화했소. 강호의 동도로서 마땅히 해야 할 일을 했을 뿐이니 그런 눈으로 쳐다보지 마시오. 아니, 그리고 솔직히 말해서 축척해 놓은 돈이야 이 몸보다는 공 단주가 훨씬 더 많지 않소?"

"돈이 많고 적음이 문제가 아니라 이런 문제라면 마땅히 우리와 상의부터 했어야지 않소!"

"옳소."

"졸부처럼 돈 자랑을 하는 것도 아니고. 크흠!"

모두가 공운봉의 편을 들었지만 왕적은 아랑곳하지 않았다. 오히려 그는 느긋한 표정으로 미소까지 머금었다.

'네놈들이 과연 대지존 앞에서도 그렇게 말할 수 있는지 두고 보마.'

그때였다. 대전의 문이 열리고 철우가 먼저 들어섰다.

그가 들어서자 좌중의 분위기가 조용히 가라앉았다.

첫날 함부로 말을 했다가 철우의 섬뜩한 기운에 오금을 저린 바가 있었던 까닭에 누구 하나 감히 그를 쳐다보지도 못했다.

"모두 자리에서 일어나 주시오."

철우의 한마디에 모두가 자리에서 일어났다.

왕적은 강시처럼 뻣뻣하게 굳어 버린 네 사람을 응시하며 내심 한껏 비웃었다.

잠시 후 연후가 들어섰다.

"어서 오십시오."

왕적이 머리를 조아리며 인사말을 건네자 다른 넷도 일제히 머리를 조아렸다.

연후는 태사의에 앉아 좌중을 쓸어 보며 담담히 물었다.

"귀빈각의 식사가 입맛에 맞았는지 모르겠소. 아주 귀한 분들이 오셨으니 각별히 신경을 쓰라고는 해 두었는데 말이오."

"과연 귀빈각의 요리는 천하일미였습니다! 매끼마다 밥을 세 그릇이나 먹어서 살이 더 찐 것 같습니다! 하하하!"

왕적이 호탕하게 웃었다.

눈치를 보던 대륙상단주 손회가 마지못해 입을 열었다.

"요리도 잠자리도 과연 최고였습니다. 대지존의 배려에 심히 감사드립니다."

"감사드립니다."

"그렇다면 다행이고."

연후는 미리 가져다 놓은 차를 한 모금 마시고는 다시 물었다.

"생각들은 해 보셨소?"

한순간 침묵의 시간이 흘렀다.

가장 먼저 입을 연 것은 공운봉이었다.

"중원을 위해 저 또한 은자 삼백만 냥을 기부하겠습니

다. 또한 제 한 몸을 아끼지 않고 희생한 무사들을 기리며, 그들의 가족들을 위로하는 뜻에서 각기 쌀 한 가마니와 고기 열 근을 보내고자 하니 부디 거절치 말아 주십시오."

좌중이 술렁거렸다.

쌀 한 가마니와 고기 열 근이 대단히 많은 양은 아니었지만, 이번에 전사한 수많은 무사들의 수를 생각하면 가히 엄청난 액수였다.

'아니, 저놈이······.'

불과 조금 전까지 왕적을 다그치던 공운봉이 아니었던가.

모두 뒤통수를 한 대 얻어맞은 기분이었고, 느긋해하던 왕적도 표정이 싹 변했다.

"공 단주의 베품에 백야벌의 모두를 대신하여 진심으로 감사드리는 바이오."

연후는 다른 세 사람을 지그시 바라봤다.

그때 눈치를 보던 대륙상단주 손회가 입을 열었다.

"저희 대륙상단은 은자 사백만 냥으로 대신하겠습니다. 부디 이 돈으로 가족을 잃은 유가족들의 상심을 조금이나마 위로할 수 있기를 진심으로 바라는 바입니다."

백만 냥이 더 올라갔다.

'이런 빌어먹을 새끼들······.'

왕적의 얼굴이 삶은 돼지고기처럼 벌겋게 달아올랐다.

뒤를 이어 다른 두 상단의 단주들도 입장을 밝혔는데,

그들 역시 은자 사백만 냥을 기꺼이 내놓겠다고 했다.
 실로 엄청난 액수였지만 연후는 반가운 기색을 비치지 않았다. 물론 속내는 매우 흡족했지만.
 그때였다. 왕적이 연후에게 전음을 날렸다.
 [이백만 냥을 더 보태겠습니다. 하니 그간의 정을 생각하시어 부디 저희 황금상단에게 우선권을 주십시오, 대지존.]
 [알겠소.]
 [감사합니다!]
 왕적은 애써 표정을 관리했다.
 속사정을 모르는 모두는 왕적의 붉어진 얼굴을 보며 내심 한껏 비웃었다.
 특히 공운봉은 회심의 미소까지 머금고 있었다.
 '네놈 말처럼 돈이야 내가 훨씬 더 많지.'
 그도 연후에게 즉각 전음을 날렸다.
 [조금 전에는 다른 상단주들의 마음을 헤아려 일부러 적은 돈을 말씀드렸습니다. 저희 구룡상단은 이백만 냥을 더 기부토록 하겠습니다.]
 [고맙소, 공 단주.]
 연후는 다른 세 상단주를 응시했다. 하지만 더 이상은 없었다.
 그럼에도 연후는 충분히 만족했다.

'이 정도면 예상보다 훨씬 더 얻어 냈어.'

* * *

상단주들과의 회합은 하루가 더 남았다.

연후는 전날 저녁에 신휘와 마주 앉았다. 그 자리에서 신휘가 물었다.

"우선권은 누구에게 줄 건가?"

"고민 중이다."

"당연히 황금상단에게 줘야지 않을까? 돈도 그 정도면 많이 냈다고 할 수 있고, 왕 단주 덕분에 동영의 침공을 사전에 알 수 있었으니 그 정도 대가는 줘야 할 것 같은데……."

"대신 왕 단주에게는 특별한 선물을 줄 생각이다. 그리고 우선권을 가지고는 다른 네 곳과 더 이야기를 더 나눠 봐야겠지."

"……뭐?"

"그들은 서로를 누구보다 잘 아는 이들이다. 결정이 지체되면, 다들 서로가 뒤로 더 많은 금액을 냈음을 의심하기 시작할 거다. 즉, 가만히 기다리고만 있어도 더 받아 낼 수 있다는 말이지."

"이건 뭐 거의 날강도 수준인데?"

"그만큼 돈이 필요하니까."

"이거 옆에서 구경만 해도 재밌군. 어쨌든 잘해 보라고. 후후후."

그때였다. 정보원주 곽치가 들어섰다.

"적랑단주께서 전서를 보내오셨습니다."

연후는 곽치가 건넨 전서를 펼쳤다.

전서의 내용은 지극히 짧았지만 연후에게는 더없이 좋은 낭보였다.

"자네 표정을 보니 좋은 소식인 모양이군."

"나백이 대막의 황도를 공격하지 않고 그냥 물러갔다는군."

"역시 서역무림이 떠나 버린 것이 컸던 모양이군. 어쨌든 이로써 한숨 돌린 셈인가?"

"재정비를 할 시간을 충분히 번 셈이지."

연후는 전서를 내려놓으며 곽치에게 물었다.

"다른 소식은 없소?"

"동영이 절강성 상산에서 발이 묶였다고 합니다. 해동과 전가가 그들을 앞질러 더 이상 남쪽으로 내려가는 것을 차단한 모양입니다."

"중원의 지리에 밝지를 못하니 따라잡힐 수밖에. 지금부터 정보력을 상산과 십만대산에 집중하고 특이 사항이 생기면 즉시 보고토록 하시오."

"알겠습니다."

곽치가 물러가자 연후는 찻잔을 들어 입으로 가져갔다. 오늘따라 차향이 이렇게 감미로울 수가 없었다.

"뭔가 착착 맞아떨어지는 느낌이야. 역시 이번에도 하늘은 자네의 편인 것 같군그래. 후후후."

"언제까지 그러고 있을 거지?"

"뭘?"

"소향 아가씨 말이다. 보아하니 서로 좋아 죽는 것 같던데……."

신휘가 피식 웃으며 대답했다.

"사랑 타령을 할 때가 아니잖아. 뭐가 좀 정리가 되면 그때 생각해 봐야지. 그건 그렇고, 나보다는 자네가 더 서둘러야 하는 거 아닌가? 이제 천하가 북천이라 부르기 시작했으면 당연히 안주인을 맞아야지. 어이, 철우. 내 말이 틀렸나?"

"전적으로 공감합니다."

"거봐. 다들 나와 생각이 같다고."

"네 말처럼 지금은 그럴 때가 아니다. 당장 해야 할 것들이 한두 가지가 아니니 그만 좀 보채고 술이나 마셔."

연후와 신휘는 밤새 술잔을 기울이며 대화를 나눴다. 대화의 주된 내용은 무림 재편과 관련한 것이었다.

* * *

다음 날 아침, 연후는 백야벌을 나섰다.

신휘와 철우, 그리고 백야벌의 재정을 담당하는 총관 왕태가 그와 함께했다.

연후가 향한 곳은 백야벌에 종사하는 사람들이 많이 살고 있는 인근의 도시였다. 무사들의 가족 대부분 살고 있어서 또 다른 백야벌이라고도 할 수 있는 곳이었다.

도시가 가까워질수록 연후의 마음은 무거워졌다.

도시의 초입에 거대한 사당이 있었는데, 전쟁에서 전사한 무사들의 넋을 기리기 위해 수많은 사람이 모여서 제를 올리고 있었다.

가족을 잃은 사람들의 흐느낌이 연후의 가슴을 파고들었다.

연후는 걸어가면서 왕태에게 물었다.

"지시한 것들은 어떻게 되었소?"

"전사자와 부상자, 그리고 식솔들의 숫자와 재정 상태까지 확인해야 해서 며칠은 더 걸릴 듯합니다."

"다른 부서에서 사람들을 끌어오는 한이 있더라도 최대한 서두르시오."

"알겠습니다."

잠시 후 도시의 초입을 경계하던 무사들이 연후를 알아

보고는 군례를 취했다.

"충!"

그때 누군가 외쳤다.

"대지존께서 오셨습니다!"

외침에 제를 올리던 사람들이 일제히 연후를 응시했다.

연후는 걸어가면서 세 살쯤 된 여아를 발견하고는 다가갔다. 여아의 옆에 한 여인이 있었는데, 부군이자 아이의 아버지를 잃었는지 얼굴에 슬픔이 가득했다.

연후는 한쪽 무릎을 꿇고 여아의 손을 잡았다. 그 모습을 본 사람들이 다시 흐느끼기 시작했다.

여기서 무슨 말을 할 수 있을까.

연후는 아이의 머리를 쓰다듬어 주고는 일어섰다. 그리고 모두를 향해 머리를 숙였다.

사람들에게 대지존은 하늘 같은 존재였다. 그러한 존재가 침통한 표정으로 머리를 숙이니 사람들은 더 크게 흐느꼈다.

그때였다. 한 소년이 앞으로 나섰다.

십대 중반쯤 되었을까? 낯이 익은 소년이었다.

소년이 연후를 향해 물었다.

"제 아버지의 죽음을 지켜보셨다고 들었습니다. 제 아버지는…… 어떻게 돌아가셨습니까."

왕태가 말했다.

"사공 단주의 아들입니다."

백야검단주 사공천을 말함이었다.

연후는 소년을 직시했다. 보고 있자니 가슴 한쪽이 아려 왔다.

"네 아버지는 최고의 무인이셨다. 그는 무인답게 싸웠다. 무인답게 적에 맞섰으며, 무인답게 장렬한 최후를 맞으셨다."

"마지막 순간까지 죽음을 두려워하지는 않으셨습니까?"

"결코 그러지 않으셨다."

주르륵.

소년의 뺨을 타고 눈물이 흘러내렸다.

"그럼 되었습니다."

소년은 눈물을 흘렸지만 울음 소리를 내지는 않았다. 터져 나오려는 울음을 참기 위해 꽉 깨문 입술이 파리하게 죽어 있었다.

연후는 소년의 어깨에 손을 얹었다.

미안하다는 말이 목구멍까지 올라왔지만 차마 뱉을 수가 없었다. 그 말이 오히려 사공천을 욕되게 하는 것 같아서였다.

그때 중년의 미부가 조용히 앞으로 나섰다.

"지엄하신 분이시니 이제 그만 뒤로 물러서거라."

연후는 미부를 응시했다. 아마 사공천의 부인이리라.

"부군께서는 평소에도 대지존의 위엄을 곧잘 말씀하곤 하셨습니다. 대지존과 한 전장에서 함께 싸우다 가셨으니 결코 슬퍼하지 않으실 테지요. 이렇게 누추한 곳까지 친히 오시어 저희 모두를 위로해 주시니 그저 감사할 따름입니다."

연후는 그저 바라보는 것 말고는 아무것도 할 수가 없었다.

아비와 남편을 잃고도 이렇게 의연할 수 있는 사람이 과연 몇이나 있을까.

그때였다.

"저도 백야벌의 무사가 되고 싶습니다!"

소년이 앞으로 나서며 부르짖듯 외쳤다.

"명아야."

소년은 미부의 손길마저 뿌리치며 앞으로 나와서는 땅에 무릎을 꿇었다.

"저도 아버지처럼 천하의 안녕을 위해 싸우는 무사가 되고 싶습니다! 그래야…… 그래야 아버지를 이해할 수 있을 것 같습니다. 그러니 제발……."

닮고 싶은 게 아니라 이해하고 싶다니.

뭔가 사연이 있으리라.

으어엉!

소년이 기어코 참았던 울음을 터트렸다.

연후는 소년이 울음을 그칠 때까지 기다렸다. 그리고 잠시 후 소년이 울음을 그치자 물었다.
 "네 이름이 무엇이냐?"
 "사공문이라고 하옵니다."
 "그래. 그 이름, 잊지 않고 새겨 두마. 하면 곧 다시 너를 찾아올 것이니 그때까지 기다려 줄 수 있겠느냐?"
 "예. 기다리겠습니다."
 잠시 후 연후는 도시를 떠났다.
 하지만 왕태는 남았다. 그는 도시 곳곳을 돌며 연후가 준비하고 있는 지원에 대해 널리 알렸다.
 가는 길에 철우가 물었다.
 "그 아이를 거두실 겁니까?"
 "그럴까 한다."
 "그 아이의 무엇이 마음에 드셨습니까?"
 연후는 소년, 사공문을 떠올렸다.
 '무엇이 마음에 들었을까?'
 딱히 뭐라 꼬집어 말할 순 없었다. 하지만 알 수 없는 뭔가가 가슴을 뜨겁게 달구어 놓았다.
 '운명인 걸까?'

　　　　　　　　　　　　　(북천전기 26권에서 계속)